美輪さんと初めてお会いした時、
昔からのお友達のようにいろんな
お話をしてくださったんです。（瀬戸内）

何事に対しても腹八分ならぬ腹六分。
それが、人生をしなやかに生きる秘訣です。（美輪）

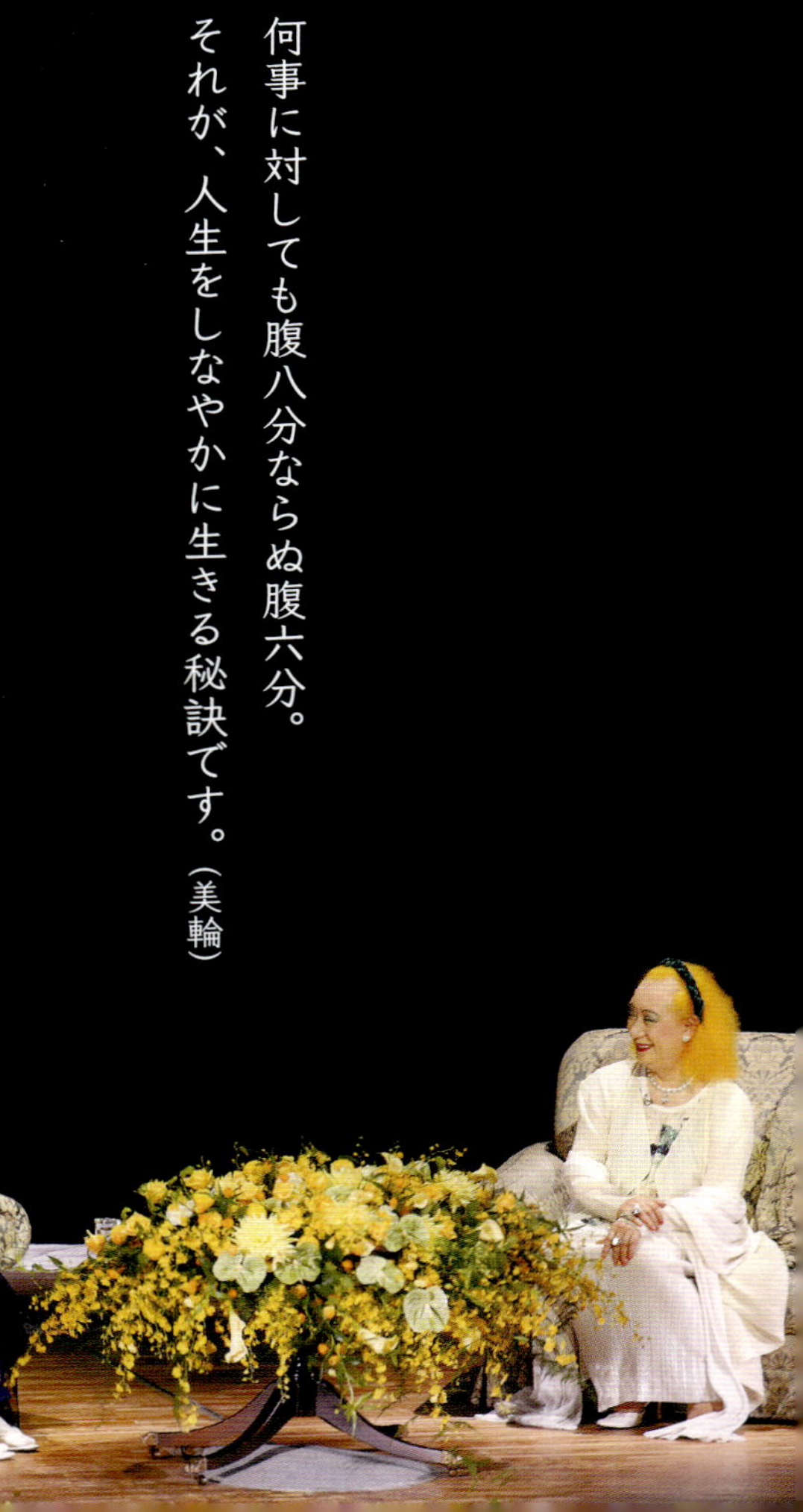

これからを生きる人へ

瀬戸内寂聴／美輪明宏

PHP文庫

○本表紙図柄＝ロゼッタ・ストーン（大英博物館蔵）
○本表紙デザイン＋紋章＝上田晃郷

文庫版はじめに

瀬戸内寂聴

美輪明宏さんとのこの対談は、長崎県美術館で私の展覧会があり、戦後七十年を記念したその時、私の講演もついていたので、長崎に行きました。主催者の方で、それなら、長崎生まれの、あの美しい人気者の美輪明宏さんに来て頂いて、二人の対談をしたらと考えつきました。美輪さんはスケジュールがつまって超お忙しいのに、その計画に即賛成してくださり、長崎までいらしてくださいました。

それでたちまち聴衆が集まり、盛大な対談の会が開かれました。

若い人から老境の方まで、様々な年齢層の集まりでした。美輪さんは、例の金色の髪に華やかな化粧が映え、イッセイミヤケの白いドレスをたっぷりと着付けて、それは華やかで美しかったです。

美輪さんとは長いお付き合いで、お宅に伺ったことも、私が住職をしていた東北の天台寺（てんだいじ）へいらっしゃって、法話をしてくださったこともあります。私はみなさんからよく身の上相談を受けますが、私自身は、これまでの生涯で何度か、美輪さんから、生き方の指針を仰いだことがあります。

私より十三歳年下ですが、早くから強い信仰を得ていらっしゃって、美輪さんが真剣に祈ると、仏の声が聞こえるみたいです。いつの時も、落ち着いて納得のゆく答えを出してくれます。

美輪さんの生きる信条は、「何事も腹六分目」ということのようです。口では容易いけれど、本来欲張りの人間には、なかなかそれが守れません。でも考えてみれば、私たち人間の悩みというものは、あれが欲しい、これが欲しいと、欲の固まりからくるものです。お金であったり、愛人であったり、名誉であったり……。それらの欲望のため、私たちは年中イライラして苦しんでいるのです。

そうした自分の欲望を腹六分に減らしたら、私たちの心は、常におだやかで平安に過ごせるわけです。でもそれがなかなかできません。できなくても、そういう方法があると知っているのと、知らないのとでは、生き方の楽さが違います。美輪さんのそんな話も、ユーモラスに話してくれると、会場の聴衆はみんなうなずいて、拍手が湧くのでした。

私たちのいる舞台と、聴衆のいる客席が一つになって、おしまいは対談や講演というより、向かい合いの身の上相談のようになってしまいました。

好評だったその日の話をマガジンハウスがまとめて本にしてくれました。

『これからを生きるあなたに伝えたいこと』という題で、よく読まれました。それが今度文庫本になります。更に読まれることでしょう。若い人のポケットに、お母さんの台所の調理台の横に、おばあちゃんの枕の横に……。可愛い文庫本が置かれますように。

「この世は苦だ」とお釈迦（しゃか）さまはおっしゃいました。でも亡くなる前には、「この世は美しい。人間の心は甘美なものだ」という言葉を、私たちに残されています。

死ぬまで与えられた私たちの生を、力一杯、楽しんで、生き残ってゆきましょう。

二〇一八年一月

これからを生きる人へ　目次

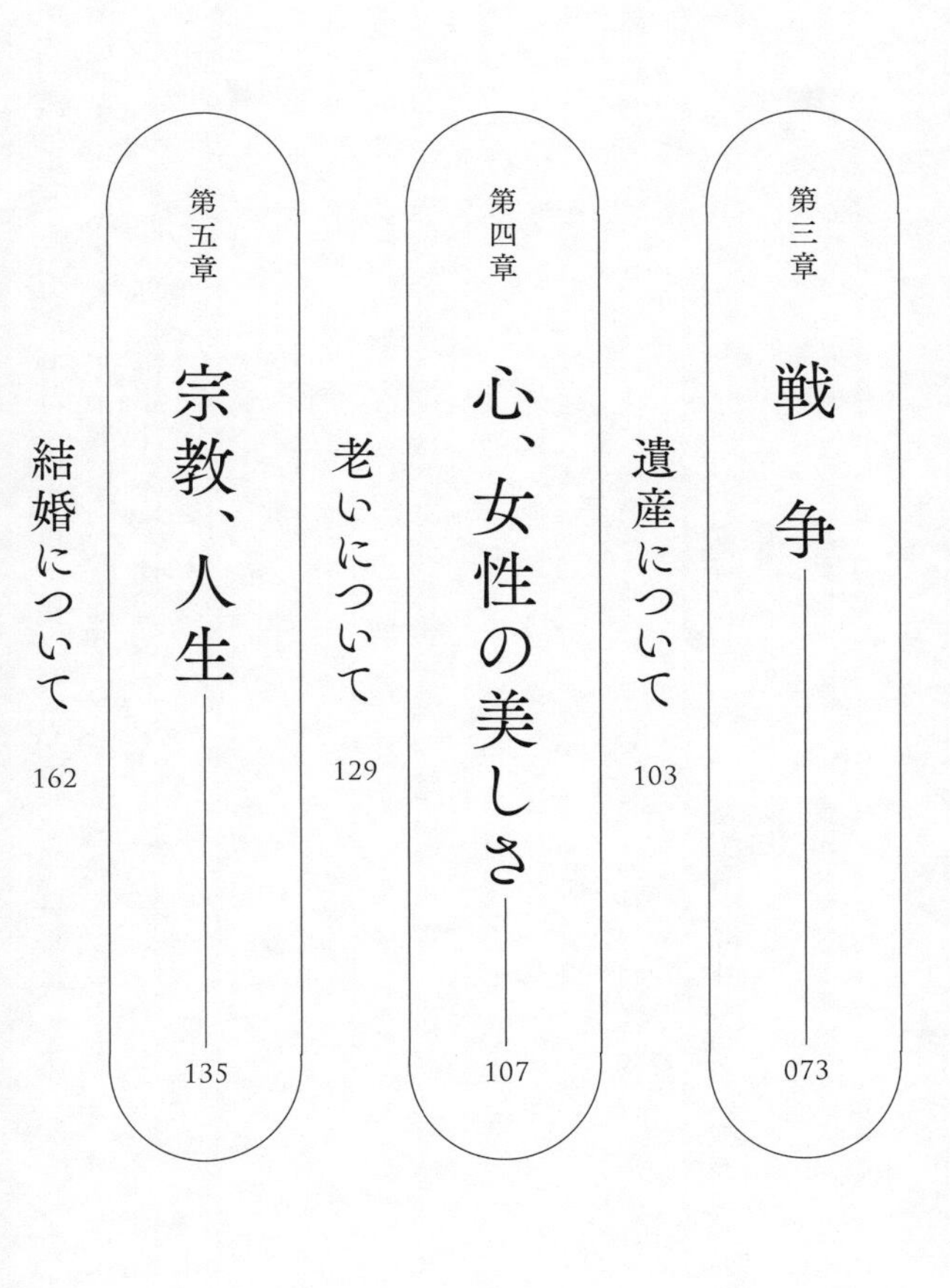

※本対談は二〇一五年七月二十五日、長崎県美術館で開幕した『戦後七十年、被爆七十年―瀬戸内寂聴展～これからを生きるあなたへ～』（主催：長崎新聞社・長崎県美術館）の記念事業として、同日、長崎ブリックホールで行われました。

装丁　坂井智明＋中島健作（ブランシック）
編集協力　丸山あかね
写真提供、協力　長崎新聞社

第一章

出会い

この世で出会う人とは、
出会う意味があるから
出会うのです。（瀬戸内）

瀬戸内　美輪さんは生きた観音様だなと、私はいつも思ってます。観音様というのは、男でも女でもないんですよ。仏様っていうのは性がないの。ここ長崎で、戦後七十年という節目の年に、生きた観音様と対談できるなんてうれしい限りです。

美輪　こちらこそ。私、昨日、長崎県美術館で今日から開催されている『瀬戸内寂聴展』★1を拝見にあがりました。

瀬戸内　ありがとうございます。

美輪　ところどころで涙ぐみそうになりました。というのも、私も良く存じ上げる懐かしい方々、三島由紀夫(みしまゆきお)★2さんや川端康成(かわばたやすなり)★3さんといった方々の写真とか、ゆ

★1　『瀬戸内寂聴展』：長崎新聞社・長崎県美術館の主催により、二〇一五年七月二十五日〜八月三十一日、長崎県美術館で開催された展覧会。正式なタイトルは『戦後七十年、被爆七十年―瀬戸内寂聴展〜これからを生きるあなたへ〜』。

★2　三島由紀夫（一九二五〜一九七〇年）：東京都出身。小説家、劇作家。一九四一年、『花ざかりの森』を発表。代表作に『仮面の告白』『潮騒』『金閣寺』などがある。小説、戯曲、映画出演と幅広く活躍した。一九七〇年十一月二十五日、憲法改正を訴え、自衛隊の決起（クーデター）を呼びかけた後に割腹自殺した。

かりの品々がずらりと並んで展示されていたので。もう、古き良き時代のロマンみたいなものが会場全体にワアーッと漂っていて、とっても素敵な展覧会でした。瀬戸内さんは私より十三歳、年上でいらっしゃるんですよね。

瀬戸内　ええ。九十三歳です。

美輪　明治の後半から大正、昭和初期というのは、文化が爛熟(らんじゅく)した時代ですけれど、その頃の聖なる怪物と言われたような日本の方たち。

いいえ、日本だけじゃなくて、たとえばフランスのボーヴォワール[★4]といった著名人とも交流があったんですね。

瀬戸内　そうなんですよ。

★3　川端康成（一八九九～一九七二年）：大阪府出身。小説家、文芸評論家。代表作に『伊豆の踊子』『雪国』『眠れる美女』『古都』などがある。一九六八年、日本人で初めてノーベル文学賞を受賞した。

★4　ボーヴォワール（一九〇八～一九八六年）：シモーヌ・ド・ボーヴォワール。フランスの作家、哲学者。代表作に『第二の性』など。フランスの哲学者・サルトルの事実上の妻。フェミニズムの立場から女性解放を求めて闘った。

美輪　そういった方たちのエピソードも紹介されていて、大変興味深く拝見しました。瀬戸内さんはいい時代を生きていらしたんだなと思いながら。
そうそう、私のつたない年賀状まで取っておいていただいて。私は筆不精でね、最近は一切どなたにも出さないで無精をさせていただいているんですけど、ちゃんと取っておいてくださったんですね。ありがとうございました。

瀬戸内　とんでもないです。私、去年はずっと病気をしておりました。近く死ぬかもしれないんですよ（笑）。
冥途の土産ということがよく言われましょう？

美輪　はい。

瀬戸内　あの世にお土産を持っていくとしたら、私はこの世に生きた間に数多くの素晴らしい方たちとお付き合いをしたという、この経験が一番のお土産だと思っています。男の人も女の人も、お年寄りも若い人も、これはと思うような、たくさんの素晴らしい人たちと、とっても仲良くしていただいたんですよ。

目の前にいる観音様もその一人。観音様とは、普通はお付き合いできないでしょう？　思えば不思議なご縁ですね。前世からの因縁かもしれませんね。

この世で出会う人とは、出会う意味があるから出会うんだと思います。出会う人との縁は大切にしなければいけないですね。

――美輪さんと初めてお会いした時、
ずっと昔からのお友達のように
いろんなお話をしてくださった。
（瀬戸内）

美輪　瀬戸内さんが雑誌（＝『週刊新潮』）で連載なさっておられた『女徳[★1]』という小説を読んでいて、「この著者は面白い方だな」と思ったことを覚えています。『女徳』が瀬戸内さんの作品に触れた最初だったんです。確か、あの後にインタビュアーとして、瀬戸内さんが私のアパートをお訪ねくださったんですよね。

瀬戸内　そうです、そうです。あの当時は、いろいろなことをしていまして。有名な人のところに訪ねて行って、その人に関する文章を書いたりしていたんですよ。当時、美輪さんは、まだ丸山さんと名乗っておられましたね。

美輪　はい。丸山明宏[★2]で。

★1　『女徳』（瀬戸内晴美著　新潮社）：尼僧になった女性、高岡智照尼をモデルにした小説。『週刊新潮』で連載され、一九六三年に新潮社から出版された。

★2　丸山明宏：美輪明宏の本名。本名で活動していたが、読経中に「美輪」の名前が思い浮かび、神様から与えられた名前だということで、一九七一年、美輪明宏と改名した。

瀬戸内　丸山明宏さんを取材して書くようにと編集部から命じられて、うれしくてね。

美輪　『ヨイトマケの唄』[★3]がヒットした頃でした。

瀬戸内　新宿の舞台に立っていらしたので観に行ったら、和服姿がそれはそれは美しくて。本当にうっとりしてしまった。その後にご自宅へうかがったんです。劇場から近くのアパートに住んでいらした。

美輪　そうです。

瀬戸内　ひと間のアパートで、その真ん中に天蓋付きのダブルベッドがドンとあるの。

美輪　よく覚えていらっしゃいますねぇ（笑）。

瀬戸内　入り口の狭いたたきには、さまざまな色の綺麗

★3『ヨイトマケの唄』：丸山（美輪）明宏が自ら作詞作曲を手掛けた一九六五年のヒット曲。ヨイトマケとは、地固めをする際に、滑車で重い槌を上下する時の掛け声のこと。唄の主人公の過去には、幼少時代に母親の仕事（日雇い労働者）を理由にいじめられた悔しさ、それをバネに生きようと決意する志などが織りこまれている。

な靴がビッシリ並べてありました。もちろん全部、美輪さんの靴。「わー、すてきだな」と思って、私はその靴をまたいで中に入ったんです。

美輪　フフフ。

瀬戸内　天蓋付きのベッドにも驚きましたけれど、押入れの扉がグリーンのビロードの布で覆（おお）われているのにもビックリして。

美輪　よく覚えていらっしゃる！

瀬戸内　ええ、全部覚えてます。美輪さんはグリーンのビロードの扉を開けて中を見せてくれました。中には、大きな金色のお位牌（いはい）みたいなものが並んでいる。

美輪　仏壇ですね。毎日、お経を上げておりまして。

瀬戸内　それから、鏡台があってね。それが割合と小さいの。もっともお部屋が小さいから小さくないと困りますわね（笑）。

その鏡台の上に化粧品がびっしり並んでいるのね。それで「ああ、こんなに小さい鏡台から、あんなに美しい人が生まれるのか」と思ってつくづく眺めたんですよ。

その時は初めてお会いしたのに、ずっと昔からのお友達のようにいろんなお話をしてくださってね。中でも一番印象的だったのは、美輪さんがご自分の未来に関する話を聞かせてくれたことでした。

「私は今はまだこの程度だけれど、今年の終わりに、すごい男の人が現れて、その人のおかげで、来年の正月から私はとても有名になるんです」と、つまりご自分の未来を予言されたんです。
私は「ほう、そうですか」って、その時はぼんやりと聞いていたのですけれど、その通りになりましたよね。すごいですよ。予言力！　不思議な力を持っているんですね、美輪さんという人は。

美輪　寺山修司[★4]さんとアングラ[★5]を始めようということで、寺山さんが私のためにお芝居を書いてくれましてね。それが大当たり。成功をおさめることができたんです。

★4　寺山修司（一九三五〜一九八三年）：歌人、劇作家。演劇実験室『天井桟敷』主宰。小説家、俳優としても幅広く活躍し、多くの作品を残した。著書に『書を捨てよ、町へ出よう』などがある。戯曲『青森県のせむし男』『毛皮のマリー』は、一九六七年に寺山が美輪のために書いた作品。

★5　アングラ：アンダーグラウンド（地下）の略。一九六〇年代、アメリカやヨーロッパに端を発して広まった地下運動のことを指す。反商業主義の前衛運動、実験芸術が発展し、日本でも寺山修司の『天井桟敷』や、唐十郎の『状況劇場』などが登場した。

瀬戸内さんも作品を通じてご自分の未来を予言なさっていたのではないかなと思うんです。（美輪）

不思議ですねぇ。（瀬戸内）

美輪　『女徳』は祇王寺[★1]の尼さんの物語で。

瀬戸内　新橋の芸者から京都の祇王寺の庵主になった高岡智照尼[★2]さんをモデルにして書いた小説です。

美輪　智照尼さんには私もお目にかかったことがあります。尼さんになるまでの人生が波瀾万丈で。色盛り、女盛りで。そういったことを経て尼さんにおなりになった。

そして、瀬戸内さんも。当時は知る由もありませんでしたが、瀬戸内さんは、あたかもあの小説が暗示であったかのような生き方をなさっているのですよね。それで、今は徳を積んでいらっしゃいますでしょう。人々を身の上相談でお救いになって。

★1　祇王寺：京都市右京区にある寺院。『平家物語』に登場し、平清盛の寵愛を受けた白拍子の祇王が清盛の心変わりにより、出家して入寺した悲哀の尼寺として知られている。

★2　高岡智照（一八九六〜一九九四年）：奈良県出身。新橋の人気芸者から尼僧になった女性。情夫への義理立てから小指をつめたことで有名になり、その美貌で人気を博した。

瀬戸内　そうでしょうか。

美輪　それまでにも数多くの作品をお書きになっているというのに、私は『女徳』という、瀬戸内さんの人生における暗示的な役割を果たした作品を通じて瀬戸内晴美[★3]という作家を意識するようになりました。それがなかったら、インタビューを受けたからといって、その後の交流に発展しなかったと思うんです。そのあたりに私と瀬戸内さんの関係性に因縁めいたものを感じますけれど。

瀬戸内　本当にね。『女徳』という題は、川端康成さんの言葉から拝借したものなんです。川端さんが私の『夏の終り』[★4]という小説を批評して「これは女徳だ」と綴っ

★3　瀬戸内晴美：瀬戸内は、瀬戸内晴美の筆名で作家活動をしていたが、一九七三年に今春聴（今東光）大僧正を師僧として、天台宗東北大本山の中尊寺にて得度。法名を寂聴とした。以降、すべての活動を瀬戸内寂聴の名前に統一。

たお手紙を書いてくださったんですよ。

美輪　ほぉ。

瀬戸内　『女徳』というのは大きな言葉だなと思いました。それで、その後に週刊誌から連載の依頼が来た時に、「初めて週刊誌の連載が来ました。つきましては、先生がお使いになった『女徳』という言葉を、小説のタイトルとして使わせていただいてもよろしいでしょうか？」とうかがったんです。そうしたら、「お使いなさい。しっかりお書きなさい」って言ってくださったの。そういう思い出もありますが、もう一つ。あの小説は、だんだんエロティックになっていくでしょう？

美輪　フフフ。

★4　『夏の終り』（瀬戸内晴美著　新潮社）：瀬戸内自身の経験をもとに、年上、年下の男との三角関係に苦悩する女性の姿を描いた短篇集。一九六三年出版。

瀬戸内　連載していた当時、警察が色っぽい作品を書いている作家に忠告をするということを行っていたんですよ。それで、私のところへも連絡がありました。

美輪　戦時中の検閲みたいなものが残っていたんですね。

瀬戸内　そうなんですよ。とにかく、その時に私が「これのどこが悪いんですか？」って聞いたら、警察の人が「どこと言えないところがあやしい」って（笑）。「読むとなんとなくモヤモヤするのが、けしからん」って怒ってきたんですよ。

美輪　戦時中の検閲そのものじゃありませんか！

瀬戸内　それでも私は、ちっとも筆をゆるめないで、終わりまで書きました。

智照尼さんは九十八歳までご存命でした。亡くなった時は私も祇王寺へかけつけました。美しい死に顔で。とても九十八歳には見えなかった。それほど美しい人でした。

美輪　『女徳』は暗示めいた作品だと申しましたけれど、瀬戸内さんも作品を通じてご自分の未来を予言なさっていたのではないかなと思うんです。

瀬戸内　不思議ですねぇ。

親子関係について

親が子を虐待する。殺める、あるいは子が親を殺めたり、介護放棄するなどのニュースを最近よく聞きます。

昔は、このような事件は本当にまれなことだったように思います。

親子関係の変化について、どのようにお感じでしょうか？

このような心が苦しくなる事件をなくすには、どうすればよいのでしょうか？（六十代・女性）

人はみんな、心の中に恐ろしいものを持っている

瀬戸内　確かに連日のように恐ろしい事件が報道されていますけれど、恐ろしい事件というのは昔もあったんですよ。ただね、昔は新聞とかテレビといった情報機関が今ほど盛んじゃなかったから一般に伝わっていないんです。親子は血のつながりで子供を親は可愛いと思ったり、子供は親を大切に感じるのが当然だと思われているけれど、人間って、そんなに簡単じゃないのね。好きなようにさせたら何をするかわからないんですよ。放っておいたら人間って、みんな何をするかわからないんですよ。

今は「親殺し、子殺しだなんて、そんな恐ろしいことは、私とは無縁だわ」って思っている人だって、わからないですよ。死ぬまでに何をするかはわからないですよ。それはもう教育とか何とかじゃないのね。だから、宗教というのがあるんですけどね。

恐ろしい事件の報道を受けて、対岸の火事だと平気でいたらダメですよ。自分がそういうことをしないですんだということに対して、感謝しなければ。何かが守ってくれているから、しないですんでいるんですよ。

それから、「あんなことをして、あの人はひどい」なんてね、簡単に批判するのもいけません。みんな自分の心の中にはね、恐ろしいものを持っているんですよ。それをなだめるために美しい音楽を聴いたり、それから小説なんかが読まれるんですね。

私にしても、嫌なことや恐ろしいことがいっぱいあって、「ああ、嫌だ」と思いますけれど、思ったその後で、「こうしたことは誰にでもあることなんだ」と思い直して、気持ちを鎮(しず)めるようにしています。

だれもがみんな超える苦しみなのだから、自分にできないわけがないと思うことで、スッと楽になることがあります。心の葛藤(かっとう)で身もだえするような時には、ぜひ、自分だけが辛(つら)いのではないと心の中で唱えてみてください。そして目に見えない神や仏や先祖の霊にお助けくださいと祈りましょう。

美輪　瀬戸内さんがおっしゃったように、昔から子殺し親殺しなんてありましたし、まして封建社会でしたからね。事件に限らず、いろいろなことが表に出なかっただけの話ですよね。ただし、文化があったんですよね。質のいい文化。小泉八雲（こいずみやくも）、ラフカディオ・ハーン★1の『ある女の日記』には、「私がこういう目に遭（あ）うのは、前世でよほど悪いことをした、その因果（いんが）でこういうことになるんでしょう」といったことが綴られているのですけれど、そう考えることで自分の気持ちを納得させているんですよね。
そういう因果応報（おうほう）であるとか、報いであるとか、畏（おそ）れ。つまりが「かしこみ、かしこみ」という心ですよね。あ

★1　小泉八雲（一八五〇～一九〇四年）：ギリシャ出身の英文学者、作家。旧名はラフカディオ・ハーン。

れは「かしこまって、かしこまって」と、神に対する最大限の畏敬（いけい）の念を表しているわけですけれど、現代では、そうした畏れるという気持ちを小さい頃からまったく教えなくなった。

一つには教育の問題もありますね。畏れる気持ちがないと、「こういうことをすると、こういうことになる」といった具合に結果を考えずに行動を起こすようになってしまうのです。オリンピックを控えて建て直すことになった国立競技場の件にしたって、関わる人が各々に「こうすれば、こうなる」ということを考えていなかった。みんな無責任だったじゃありませんか。

たとえば建築家なら「私が請け負ったのはデザインのこ

とだけで、予算については知りません」と言うのじゃなくて、このデザインには資材が幾らかかって、人件費が幾らかかってと予算まで全部組んだ上で、このデザインだったらいいでしょうという判断を下すのが専門家ですよね。こっちとこっちのどちらがカッコイイかということなら、子供だって選べますよ。

あの一件で、日本人がいかに未成熟であるかが露呈(ろてい)してしまった。日本が後進国であることを世界に広めてしまったように思います。

日本人に一番必要なのは、囲碁(いご)や将棋(しょうぎ)やチェスのように「こうすれば、こうなる。こちらに移せば、対局相手はこういう手に出るだろう。ならば今、自分はどうすべきか？」と先を見越して作戦を立てる賢明さ。つまり想像力ですよね。ですから、これからは八目先を見据えるという教育をしていくこと。それができれば、「この親が憎い」と思うことがあっても、「もしここで私が親を殺めたら、刑務所へ送られてしまう。私の一生は破滅だ」と考えて思い留まることができる。そういう人が増えると思います。

しかし教育の方向転換をすることのないままであるならば、恐ろしい事件は増え続けることでしょう。教育によって、知性とか論理性というものを日本人の中に構築していくことが、恐ろしい犯罪のすべてに歯止めをかけることにつながると私は思います。

第二章

才能、不思議な力

『源氏物語』は
七十歳の時に書き始めて
全十巻を書き上げるのに
六年半かかった。
自分が出家してから
『源氏物語』が
本当に理解できたと思いました。

（瀬戸内）

美輪　瀬戸内さんには作品にまつわる不思議な話が他にもありますでしょう。昨日の展覧会では、美しい屏風絵など『源氏物語』[★1]にまつわるものも展示されていましたね。そこから、いろいろなことを思い出して感慨無量だったのですけれど……。

瀬戸内　『源氏物語』は七十歳の時に書き始めて。全十巻を書き上げるのに六年半かかったんです。

美輪　すごいことですよね。七十歳からですか。瀬戸内さんが得度[★2]なさったのは五十歳を過ぎた頃でしたね？

瀬戸内　はい。五十一歳。ですから『源氏物語』を書く時はもう出家していましたね。自分が出家してから『源氏物語』が本当に理解できたと思いました。

★1　『源氏物語』：平安時代に成立した長編小説。作者は紫式部とされている。瀬戸内寂聴による現代語訳は一九九六～一九九八年にかけ講談社から刊行された。文庫版の他、多くの関連著作がある。

★2　得度：（剃髪の儀式をして）僧尼になること。

というのも、『源氏物語』に登場する女性たちというのは、光源氏というドンファン[★3]に次から次に犯されて非常に苦労をするのですが、最終的には出家をする。当時はそれしか女には道がなかったのです。

出家した途端に、今までは源氏に好かれようと、右往左往していた女の人の心がスーッと大きくなって。このことを私は作品の中では「心の丈(たけ)」と呼んでいるのですけれど、出家した女は、とたんに光る君（源氏）を心で見下ろすようになるんです。

それまでは愛してほしくて女たちはいつも源氏を仰ぎ見ていました。その結果、救われる。

美輪　私が思い出すのは、瀬戸内さんが『源氏物語』を

★3　ドンファン：スペインの伝説上の好色なドン・ファン・テノーリオの名に由来する、プレイボーイの喩(たと)え。

お書きになった本当の理由とでもいうべき話なのですけれど。

瀬戸内　ええ。

美輪　ある時、私たちの共通の友人である横尾忠則★4(よこおただのり)さんから、「瀬戸内さんが美輪さんに用事があるって言っているよ」と聞いて、「何かしら?」と言ったら、「いや、何だかわからないけど、用事があると言っていたから」と言うんです。それで連絡をしなければと思っていたのですけれど、そんな矢先に新幹線の中でバッタリとお会いしたんですよ。すでにこのあたりから不思議といえば不思議なんですよね。

★4　横尾忠則（一九三六年～）：兵庫県出身。美術家、装丁家、グラフィックデザイナー。瀬戸内と組んだ随想×肖像画の作品に『奇縁まんだら』がある。横尾は美輪が主演を務める『青森県のせむし男』の初演で美術を担当するなど、瀬戸内、美輪の両者と旧知の仲。

瀬戸内　ああいうことってあるんですねぇ。当時、今でも私が名誉住職を務める天台寺[★5]から、突然、住職になれという話が来たんです。岩手県と青森県の境にある、行ったこともないお寺だったので、嫌だと断ったんですけどね、結局のところ断り切れなくて、飛行機と新幹線に乗って京都の寂庵(じゃくあん)[★6]から毎月はるばる通っていました。私は新幹線の中ではいつも眠っていて、あの時も寝ていたのです。ふと何かを感じて目を開けたら、私の前に観音様みたいに綺麗な人が、真っ白な服を着て立っていて、じーっと私を見つめているじゃありませんか。それが美輪さんだった。

美輪　フフフ。瀬戸内さんは「あっ、美輪さん。あなた

★5　天台寺：天台宗の寺。岩手県の北部にある。

★6　寂庵：一九七四年、瀬戸内が京都に開いた仏教法寺「曼陀羅山(まんだらさん)　寂庵」のこと。

に話があったのよ」っておっしゃった。
それで、「何でしょうか。横尾さんからうかがいましたけど」って申しあげたら、「実はね、私、持参金まで持って岩手の天台寺に入って。それがなぜだか自分でもわからないのだけれど、あなた、わかる？」って。

瀬戸内　そうそう。本当にどうしてこういう流れになったのだろうと不思議でならなかったんですよ。

美輪　その時にはわかりませんでした。それで「じゃあ、またそのうちに」って言ってお別れして。それからほどなくした頃でしたね。雑誌の対談の仕事でご一緒したのは。
私の家で対談をして、滞りなく収録が終わり、よもやま話も済んで、お帰りになるという寸前にふと瀬戸内さんの前を見たら、生首っていうんでしょうかね。とってもハンサムな中年の男性のお顔が浮かんで見えたんです。そのお顔というのが殿上眉（てんじょうまゆ）を描いていてね。お武家様なら、額のさかやき★7を剃っていますでしょう？　でもちゃんと髪の毛を伸ばしていらして。つまり、志村けんさんのやっているバカ殿様みたいなちょんまげではなくて、別のちょんまげの結い方をしていたので、私は「これは公家（くげ）だな」と思ったんですね。

それで「こういう方が見えるんだけど、心あたりがおありにならない？」って瀬戸内さんにうかがったら「あるのよ！」っておっしゃったんですよ。

★7　さかやき：平安時代末期から明治時代にかけて行われていた、男性の髪形のひとつ。前額側から頭頂部にかけての頭髪を半月の形に剃るか、頭の中央部まで剃り落としたもの。

瀬戸内　ええ。長慶天皇[★8]という南朝の三代目の天皇ではないかって言いました。

美輪　瀬戸内さんは「天台寺にその方のお墓があるって言われていて、京都の天皇がこんなところで死ぬわけがないということで、いろいろ調べたら、長慶天皇は幕府に追われて、吉野（奈良県）から逃れて海路を利用して奥州（岩手県）へ逃げてこられたのです」って。その話を聞いて、私は、瀬戸内さんはきっと長慶天皇とご縁があるのだなと思ったんです。するとまたパッと降りてくるものがあって、思いつくままに「木彫りの観音様が二体か三体おありにならない？」って瀬戸内さんに訊いたら、ご本尊がそうだとお

★8　長慶天皇（一三四三～一三九四年）：南北朝時代の第九十八代天皇（在位一三六八～一三八三年）。文学、和歌に優れた。著書である『仙源抄』は源氏物語の注釈書である。

っしゃったんです。

瀬戸内　ええ。

美輪　それで私、長慶天皇が前世で縁のあった瀬戸内さんを天台寺へ呼んだのだと確信して、「長慶天皇もご本尊と同じようにお祀り(まつ)りなさったら、いい意味で大変なことが起こると思いますよ」って申しあげたんですよ。

瀬戸内　私の記憶ではね、美輪さんは私が天台寺へ行くことがとても気になると言い出して。「本当は行っちゃいけないんだ。行っちゃいけない危ないところなのに、あなたは引き受けてしまったから行くけど、かくなる上は、行って無事にそれが務まるようにしなきゃいけない。私は心配で仕方がない」って、そうおっしゃったんです。
それで「どんなふうに心配なんですか？」って聞いたら、「黒い霧のかかった山道にたくさんの人の死骸が見える」と。美輪さんが「その中にとても神々しいハンサムな男の人がいて、その人は普通の方とは違う、やんごとなき方だ」とおっしゃるので、思い浮かんだのが長慶天皇だったんですね。

美輪　長慶天皇は足利幕府に追われて天台寺で殺され、その存在をなかったことにされていた。大正時代になって復権された天皇なんですね。

瀬戸内　その後、朝から電話で、「長慶天皇がお出ましになってね、寂聴に、私の家来たちの位牌を作ってやるように言ってくれ、とおっしゃってるわよ」とか。

美輪　アハハ。

瀬戸内　私は何でも美輪さんの指示に従いました。さっそく大きなお位牌を作って、長慶天皇を天台寺でお祀りしたんです。そうしたら、美輪さんが「あなたは素直な人ね」って褒(ほ)めてくれた（笑）。それから、ますます美輪さんの言う通りにするようになったんですよ。

何百年経っても、
霊は前世のことを
ちゃんと記憶しています。（美輪）

美輪　それにしても不思議だったのが……。

瀬戸内　『源氏物語』。

美輪　そうなの。

瀬戸内　長慶天皇は文才あふれる天皇で、『源氏物語』の語句を説明した『仙源抄（せんげんしょう）』[★1]、いわゆる辞書を作られているのですが、ある時に美輪さんが「あなたは、前世で長慶天皇の女の家来だったのよ」とおっしゃったんです。「辞書を作る横で墨をすっていたのよ」って。長慶天皇の后（きさき）の一人とでも言ってくれたらいいのに、墨すりだってと、ちょっとガッカリしましたけれど（笑）。でもね、「だから瀬戸内さんは『源氏物語』を書くようになったのよ」って美輪さんがおっしゃるのを聞いて、

★1 『仙源抄』：源氏物語の注釈書。一三八一年成立。

本当にそうかもしれないと思いましたよ。

美輪　当時、「『源氏物語』を書こうと思ったのは、天台寺へ通うようになってからではありませんか？」と聞いたら、「そうです」とおっしゃっていたのが印象的です。供養なさったらすごいことが起きると私は予言しましたけれど、本当に寂聴ブームがバァーッと巻き起こりましたね。

瀬戸内　『源氏物語』は二百万冊近く売れて大ベストセラーになったんです。

それから、天台寺で行う『あおぞら説法』[★2]に大勢の人が来てくださるようになりましてね。

美輪さんが「長慶天皇が、自分の存在を世に広めろと言

★2　『あおぞら説法』…瀬戸内寂聴が名誉住職を務める天台寺で、定期的に続けている説法。全国各地から多くの人が説法を聞きに訪れている。

っています」とおっしゃるので、私は「長慶天皇のお墓がありますので、お参りしてください」と言い続けていたんです。そうしたところ、法話を聞きにみえる方が五千人、それから一万人になって、どんどん増えていきました。

美輪 やっぱり、だから不思議。何百年経っても、霊は前世のことをちゃんと記憶していて。つまり人というのは、前世で感じたいろんなものを綺麗にするために生まれ変わり死に変わりしているんですよね。そして瀬戸内さんは、今回は長慶天皇の無念を晴らすというお役目を授かって生まれていらしたわけで。

瀬戸内 『源氏物語』は本当にね、長慶天皇のおかげで書けたと、今も思っています。どんどんどんどん、道がひらけていって仕上がったんですから。そういう特別な力が働きでもしない限り、書き切ることはできなかったでしょう。あんなに大きな仕事を七十歳になった自分が、よくしたなと思います。

人の世は
妬み、嫉み、僻みの塊。
どう処理するかにはコツがある。
腹を括って淡々と生きることです。
（美輪）

美輪　『源氏物語』は、谷崎潤一郎★1さんや円地文子★2さんもお書きになっていたけれども、私は瀬戸内さんの『源氏物語』がベターだと思っています。

瀬戸内　ありがとうございます。最近になってまた一人、私よりもうんと若い女の作家が新しい『源氏物語』を書こうとしているんですよ。ちょうど私が書いて二十三年になりますからね、それはそれでいいと思うんです。円地さんの時は、円地さんがとっても自分の『源氏物語』を素晴らしいと思っていたから、他の人が書くのが嫌だったのね。

美輪　フフフ。

★1　谷崎潤一郎（一八八六〜一九六五年）：東京都出身。小説家。代表作に『痴人の愛』『春琴抄』『細雪』などがある。一九三九年、一九五一年、一九六四年と三度にわたり、中央公論社（現・中央公論新社）より『源氏物語』の現代語訳を発表。

★2　円地文子（一九〇五〜一九八六年）：東京府（現・東京都）出身。小説家。代表作に『女坂』『なまみこ物語』『食卓のない家』などがある。一九六七年から『源氏物語』の現代語訳に取り組み、一九七三年に完成。一九八五年に文化勲章を受章した。

瀬戸内　たとえば「川端さんが書いているらしい」って噂（うわさ）が入った時なども（円地さんが）怒ってね。「あんなノーベル賞をもらって甘やかされたような人に、『源氏物語』を書けますか。もしも書けたら、私は素っ裸になって銀座通りを逆立ちして歩いてやる」とおっしゃったのよ。

美輪　誰も見たくないですよね（笑）。

瀬戸内　円地さん、もう七十近かったのですものね。でも、そうおっしゃった。それぐらい、ご自分の『源氏物語』を立派だと思っておられたし、実際に立派なんですよ。そもそも自分の書いたものが最高だと思わなきゃ書けませんから。

美輪　作家の世界といい、科学者の世界といい、政治家の世界といい、もう本当に人の世というのは、妬み、嫉み、僻みの塊ですからね。それをどういうふうにバッタバッタと処理しながら前へ進むかということが問題なのですが、それにはコツがあるんですね。
人に何と言われても腹を括って淡々と生きることです。たとえ悪口を言われても柳に風でいれば、言ったほうはアホらしくなって離れていきますから。
瀬戸内　その通りだと思います。でもそれがなかなかできなくて……。

横尾忠則さんも、瀬戸内さんと同じく不思議なことが起きる人。天才の資質が、不思議な出来事を呼ぶんじゃないかと思います。（美輪）

瀬戸内　美輪さんもよくご存じの横尾忠則さんの話をしましょうか。私が横尾さんと初めて会ったのは五十年くらい前で、あの人は三十歳くらいでした。

美輪　私が知り合ったのも同じ頃だと思います。横尾さんは、先ほどお話しした寺山修司さんが主宰する『天井桟敷』[★1]という劇団の仕事で、ポスターなどを手掛けていたんです。

瀬戸内　当時、私は彼があんな天才だと知らなくてね。だって可愛らしい男の子だったから。ところが一緒に乗り合わせた車の中で「うちの子供が」って言うんですよ。それで私は、「えっ、あなた、子供がいるの？」って驚いてしまって。「子供が子供を産んだみたいじゃな

★1　『天井桟敷』：寺山修司主宰のアングラ劇団。一九六〇〜七〇年代半ばにかけて第一次小劇場ブームを巻き起こした。

い」って言いました（笑）。
でも、そこから仲良くなって、よく家に遊びに来るようになったんです。そんなこともあって、新聞小説の挿絵（さしえ）なんかをお願いしたりするようになったのですけれど。長い付き合いですから、私にとって横尾さんはもはや家族の一人。親類みたいになっているんですよ。

美輪　ええ。

瀬戸内　私は、横尾忠則という人は本当に天才だと思ってます。これまでに、この人は天才だなと思ったのはね、三島由紀夫さんと横尾さんですね。三島さんは最初に会った時に天才だと思いましたけれど、横尾さんはどんどん天才になって、今はすごいですね。

ただ、あの方には一つ病気があってね、入院が大好きなの。

美輪　フフフ。

瀬戸内　また入院している、まだ入院しているって、ずっと病院で。ある時、医師から「あなたはどこも悪くないのに入院したがる。もうよそへ行ってください」って怒られたんですって。それでも入院するんですよね。

美輪　好きなんですよ。

瀬戸内　趣味なの。

美輪　横尾さんも、瀬戸内さんと同じように不思議なことがいっぱい起きる人なんですよ。三島さんもそうでした。それでいえば、天才の資質っていうのが不思議な出来事を呼ぶんじゃないかと思いますけどね……。
そうそう。あれも面白かったですね。私、長慶天皇をお祀りするために岩手まで参りましたでしょう。それで、木の供養塔に向かって拝んでいたら「これじゃ困る。丸い石で塔を作って、その上に石の屋根をつけて、自分の墓としてくれ」という言伝があったので、瀬戸内さんに「こうおっしゃっているみたいだけど」って言ったら、瀬戸内さんが「あなた、嫌だわね。私が今から言おうとしていることを先に言うんだもの」とおっしゃって。

瀬戸内　あの時も驚きましたよ。

美輪　「実はソレ、京都の寂庵の玄関に置いてあるのよ。今日、車に積み込もうとしたのだけれど、美輪さんに『また余計なことをして』って怒られるんじゃないかと思って、相談してからにしようと思って置いてきちゃったのよ」って。

瀬戸内　そう。京都の古美術商「柳孝」で買った供養塔、もちろんとても古い。本当に長慶天皇に言われたような気がしてね、全部美輪さんのアドバイス通りにしたんですよ。

美輪　祇園(ぎおん)でご一緒した時のことは覚えてらっしゃる？

瀬戸内　もちろんです。

美輪　瀬戸内さんが「寂庵から祇園に行くまでのあいだに、気になっている御陵(ごりょう)★2があって、行ってみたら長慶天皇の御陵だったのよ」とおっしゃって。

★2　御陵：天皇・皇后・皇太后・太皇太后の墓。

瀬戸内　そうそう。

美輪　「一緒に行って、拝んでいかない？」と誘われて、私も拝んだのですけれど、あれは戦時中に作られたんですね。

瀬戸内　そう。

美輪　戦時中の大変な時代に、普通なら無理でしょう。それがちゃんとできていて、すごいことだなと思いました。
天皇家だから天照大神★3をはじめ八百万★4の神たち、つまり神道★5の神様が並んでいると思っていたら、なんと密★6教の神様がズラッと並んで見えたんですね。
それで、「瀬戸内さん、変よ。ここ違うんじゃない

★3　天照大神：日本に伝わる神話に登場する神。奈良時代に成立した『日本書紀』に出てくる。天皇の大御祖。

★4　八百万の神：すべての神のこと。八十神、八十万神、千万神とも呼ばれ、森羅万象に神は宿るとする古代日本の神観念を表す言葉。

★5　神道：「神社」に象徴されるような日本人の民間信仰の形式が、長い年月をかけて体系化され、とくに明治時代以降宗教として意識されるようになったもの。

★6　密教：大乗仏教の一派として生まれた。「秘密の教え」を意味し、秘

の？」と言ったら、瀬戸内さんが「吉野[★7]は密教だったのよ」っておっしゃったのね。

瀬戸内　そうです。

美輪　それで合点（がてん）がいって。もう一つ、「どうやら長慶天皇の霊は、京都の御陵と岩手の天台寺と、もう一カ所行き来なさっているようなのだけれど、もう一カ所ってどこかしら？　心当たりがおありにならない？」って聞いたら「五所川原[★8]（ごしょがわら）なのよ」っておっしゃったんですよね。

瀬戸内　そうそう。

美輪　おもしろいなぁと思って。私ね、普段は霊能者でもないですし、もちろん霊視することを商売にしている

密仏教の略称。

★7　吉野：奈良県南部の山岳地帯。

★8　五所川原：青森県西部、津軽半島の中南部に位置する市。

わけでもないし。勘違いされている方が全国にいて、「霊視してくれ」とか、「病気を治してほしい」とかといった相談を受けるのですけれど、私の場合は、自在に霊視ができるわけではないので、すべてお断りしているんですよね。
でも、横尾さんとか三島さんとか川端さんとか、瀬戸内さんもそうですけれども、そういう方の時だけなぜか霊視できてしまう。お役目の時にフッと降りてくるという感じなんですね。

瀬戸内　ほぉ。

病気について

父が治療法のない不治の病にかかっています。死を待つ日々、家族はどうサポートをすれば良いのでしょうか。

生への希望を持たせたいと願っていますが、病気が治らないとわかっているだけに、虚（むな）しく感じないでしょうか。

言葉につまるこの頃です。

今日来られなかった父にかける言葉をお願いします。

（五十代・女性）

言葉をかけるより
スキンシップを

瀬戸内　病気で治らないとお医者さんに言われているわけでしょう。そうなったら言葉なんかかけるよりも、スキンシップなんですよね。

お父さんの手を握ってあげるとか、背中を擦ってあげるとか、できるだけ触ってあげることだと思いますよ。言葉なんて、下手にかけると「お父さん、かわいそうね。もうすぐお迎えが来るね」なんて余計なことを言ってしまうかもしれないでしょう？

だからね、「お父さん、良くしてくれたわね。私は孝行もできずに本当にすみません」と心で思ったことを手で表す。それが一番いいと思いますね。

美輪　人間のハンドパワーというのでしょうか？　これは本当にすごいエネルギーを持っています。私、三年くらい前、舞台の上でつまずいて右手の手首を痛めてしまいまして。みるみるうちに土瓶（どびん）みたいに大きく腫（は）れてしまって大変だったんです。

芝居は中断できませんから左手だけで芝居して、舞台が跳（は）ねてから病院へ行ってレントゲンを撮（と）ったら、複雑骨折のもう一つ上の粉砕（ふんさい）骨折。医師から「もう一生この腕は使えません」って言われたんですね。でも芝居はまだ続くし、旅回りもあるし、困るなと。

その時、私も瀬戸内さんと同じように、神様に散々毒づきましてね。「もう拝んでやらない」とか、いろいろ言っていたんですけどね。

瀬戸内 やっぱり（笑）。

美輪 「南無妙法蓮華経[★1]、南無妙法蓮華経」とお題目を唱えながら、細胞に対して叱咤激励していました。「あなたたち一つひとつの細胞は、神様から『世の中で役に立て』って遣わされてきたのでしょう？ それを何？ だらしがない！ 勤務評定したら、あんたたちはゼロ以下だよ」って（笑）。同時に、「あなたを愛してますよ」という優しい気持ちで折れた部分をさすっていたんです。

★1 南無妙法蓮華経：法華経に帰依するという意味。日蓮宗の題目。

そうしたところ、すっかり治っちゃったんですよ。結局、私は三カ月半、病院へ行かなかったのですが、骨が生えてきたんです。ハンドパワーのおかげだと思ってます。

想念というエネルギーは人間の体を変化させるすごい力を持っているんですね。というわけで、九十三年、生き延びていらした方のお言葉は非常に正しいと思います(笑)。

第三章

戦争

戦争と共に、
ロマンや文化は
どんどんなくなっていきました。（美輪）

美輪　遠藤周作[★1]さんは私のことを「君は天草四郎[★2]の生まれ変わりなのか？」とおっしゃって。逆に「じゃあ俺は何なんだ？」ってお尋ねになるので、「あんたは豆狸でしょう」って私は答えたのですけれど。

瀬戸内　アハハハハ！

美輪　「何言ってるんだ。君が天草四郎で、俺が豆狸っていうことがあるか！」ってお怒りでした（笑）。

瀬戸内　遠藤さんもいい人でしたね。

美輪　おかしい人でした。

瀬戸内　ええ、本当におかしい人でしたよ。ある時、ある編集者が家を建ててね、お祝いに行ったんです。その時に遠藤さんと、この間亡くなった河野多恵子[★3]さんも

★1　遠藤周作（一九二三～一九九六年）：東京府（現・東京都）出身。小説家。代表作に『海と毒薬』『沈黙』『侍』『深い河』などがある。無類のいたずら好きとして知られ、狐狸庵先生の愛称で親しまれた。

★2　天草四郎（一六二三？～一六三八年）：江戸時代のキリスト教信者。一六三七年、日本の歴史上最大規模の一揆となった島原の乱の首領。

★3　河野多恵子（一九二六～二〇一五年）：大阪府出身。小説家。代表作に『蟹』『不意の声』『一年の牧歌』などがある。

いらしていて、私も河野さんも遠藤さんとは初対面だったんですね。ところが、その帰りに遠藤さんが「あなたたちが来ると思ってお土産を持ってきたから、これあげる」って、何か新聞紙に包んだものをくれたんですよ。それで何だか知らないけどいただいて帰って開けてみたらね、小さいレコードなのね。さっそく聴いてみたら、男の人の声でね、「あなたの寝小便を治してあげます」って、同じセリフを繰り返すだけ。

美輪　ハハハ。

瀬戸内　私はビックリしてね、河野さんに「あのレコード聴いた？」って電話をしたら、「あれはなんですか?」って、河野さんはカンカンに怒っていましたよ。そんないたずらをするんですよ。本当におかしな人でしたよ。

美輪　遠藤さんは、「えー、★4吉行淳之介です」とか、いろんな声色で他人のふりをしていたずら電話をしてくださったりもしました。

瀬戸内　アハハ。

美輪　遠藤さんも天才ですよね。さっきもお話しした明治から大正、昭利初期の戦争が始まる前までのロマンや文化度の高さというのが、遠藤さんとか瀬戸内さんといった聖なる怪物ともいえる天才たちに移り香として残っていてね、それが私は大好きなんですね。

★4　吉行淳之介（一九二四～一九九四年）：岡山県出身。小説家。代表作に『驟雨』『砂の上の植物群』『暗室』『夕暮まで』などがある。対談やエッセイの名手としても知られた。

戦争が本当に愚かしいと思うのは、戦争と共に、ロマンや文化はどんどんどんなくなっていきましたでしょう。どうお思いになります？ 軍国主義のあの知性のなさ加減。だってね、美人画[★5]っていう美人画は全部禁止でしょう。

瀬戸内 そうでしたね。

美輪 中原淳一[★6]さんの絵もそうですし、高畠華宵[★7]もそうだし、上村松園[★8]を始め素晴らしい美人画がありますが、全部。

東郷青児[★9]さんなんかも筆をおかれて、岩田専太郎[★10]さんも田舎に引っ込んで。

だって、戦争画以外描いちゃならないって命じられてし

★5 美人画：女性の容姿や内面の美しさ、女性美をモチーフにした絵画のこと。日本では、江戸初期の風俗画に始まり、以後浮世絵となって発展した。

★6 中原淳一（一九一三～一九八三年）：香川県出身。画家、イラストレーター、ファッションデザイナー、編集者。少女雑誌の挿絵、口絵、表紙絵などを手掛けた。編集者として『それいゆ』『ひまわり』などの人気雑誌を世に送り出すなど多彩な才能を発揮した。

★7 高畠華宵（一八八八～一九六六年）：愛媛県出身。画家。少女雑誌や婦人雑誌などに挿絵と

まったわけですから。協力したらしたで、そういう人は、戦後、マッカーサー★11に命令されて、公職追放になりましたでしょう。

瀬戸内　そうです、そうです。大変でしたね。

美輪　どれだけ軍国主義がバカバカしいかというと、当時、「バイオリン」は敵性語だから使ってはならないって言うんですよ。
でもバイオリンを他に何と言ったらいいんです？「一体、何て言ったらいいんですか？」ってその軍人に聞いたんですよ。そうしたら、「ひょうたん型糸こすり器」って。バカでしょう。もうあきれる（笑）。

瀬戸内　でも、真剣に取り組んでいたわけで、そう考え

して描いた美少年、美少女の絵や美人画で人気を博す。竹久夢二（たけひさゆめじ）らと並ぶ人気画家として活躍した。

★8　上村松園（一八七五～一九四九年）：京都府出身。日本画家。女性の目を通して美人画を描き、一九四八年、女性で初めて文化勲章を受章した。

★9　東郷青児（一八九七～一九七八年）：鹿児島県出身。洋画家。昭和の美人画家として、戦後一世を風靡（ふうび）した。

★10　岩田専太郎（一九〇一～一九七四年）：東京府（現・東京都）出身。画家。連載小説の挿絵を数多く手がけ、雑誌や書

ると空恐ろしいですよね。

籍の表紙を飾る美人画を発表。

★11 マッカーサー（一八八〇～一九六四年）：ダグラス・マッカーサー。連合国軍最高司令官。アメリカ・アーカンソー州で陸軍軍人の家庭に生まれる。第一次世界大戦ではヨーロッパに従軍。

だんだんと前の戦時中に
似てきているんですよ。
だから本当に怖いと思います。（瀬戸内）

ここへきて再び、あの過ちを
繰り返そうというのは、
どうかしています。（美輪）

瀬戸内　今ね、だんだんと日本は前の戦時中に似てきているんですよ。

美輪　ねぇ。

瀬戸内　だから、このまんまいったらね、「あの作家には書かすな」とかね、この作家には「こういうものを書け」とかね、そういう世の中になると思いますよ。だから私は本当に怖いと思います。

美輪　もうなりかけているじゃありませんか。だって、自民党の若手の勉強会で沖縄の新聞社は二つとも潰したほうがいいとか。戦時中と同じことを言い始めていると思いましたよ。

瀬戸内　そう。怖いです。

美輪　原敬(はらたかし)[★1]って政治家は素晴らしかったですね。質実剛健で知られ、平民宰相(へいみんさいしょう)と言われた人で、大正十(一九二一)年に暗殺されてしまいましたけれど。その一方で、ヨーロッパなどを回って外国語も堪能(たんのう)な方でもありました。

何が素晴らしいかというと、世の中を広く見ていたということ。日本を客観的に捉(とら)えていたし、敵を知ってもいたんですよね。

敵国は武力、資力、資源力、財力、軍事力、文明力を備えている。そんな国と喧嘩をして、鉄もニッケルもスズも、それから石油も、資源が何もない、食糧も足りない日本が勝てっこないと。じゃあどうしたらいいかと

★1　原敬(一八五六～一九二一年):岩手県出身。政治家。政党政治家として最初の政党内閣を組閣。内閣総理大臣、司法大臣を兼任。軍国主義と闘い「平民宰相」と呼ばれた。

――。

瀬戸内　どうしたらいいかを考えることが大事ですね。

美輪　原さんは、日本には人的資源という素晴らしい財産があることに気づいていたんです。

たとえば物作り。昔から日本の職人というのは優れていますよね。だって、飛騨高山のからくり人形が今のロボットになっているわけでしょう?

★2宮崎駿さんに代表されるような漫画、アニメが世界を席巻していますけれど、本を正せば、昔の★3鳥獣戯画ですよね。★4安藤広重、★5葛飾北斎の絵が海外へ渡り、モネ、マネ、ゴーギャン、ロートレック、ゴッホといった世界的な連中に影響を与えていたという事実もありま

★2　宮崎駿（一九四一年〜）：東京都出身。映画監督、アニメーション作家、漫画家。一九八五年に徳間書店の出資を得てスタジオジブリを設立。代表作に『魔女の宅急便』『風の谷のナウシカ』『となりのトトロ』『千と千尋の神隠し』『崖の上のポニョ』など。二〇一二年には文化功労者に選ばれた。

★3　鳥獣戯画：京都市の高山寺が所蔵する絵巻。国宝。鳥獣人物戯画とも呼ばれ、ウサギ、カエル、猿などが擬人化して描かれた甲巻が有名。その技法から「日本最古の漫画」ともいわれる。

す。アインシュタインまでが日本に憧れて来たぐらいで。だから日本は文化で勝負していくべきだと提唱していた。原敬ってそういう人物だったんです。軍国主義と闘って、しかもリーダーシップのあった原敬が殺されていなければ、日本の歴史は変わっていたかもしれないと言われています。

瀬戸内　ああ。

美輪　山本五十六(やまもといそろく)★6にしても冷静に日本という国を俯瞰(ふかん)していましたね。軍人だったけれども、いや、軍人だったからこそ、アメリカの軍事力や財力を把握していたんです。

それに比べて石油のない日本がどうやって飛行機を飛ば

★4　安藤広重（一七九七～一八五八年）：別名歌川広重。江戸時代の浮世絵師。代表作に『東海道五十三次』などがある。ゴッホやモネなどの画家に影響を与えた。

★5　葛飾北斎（一七六〇～一八四九年）：江戸時代の浮世絵師。代表作に『冨嶽(ふがく)三十六景』『北斎漫画』など。

★6　山本五十六（一八八四～一九四三年）：新潟県出身。太平洋戦争時には連合艦隊司令長官を務め、真珠湾攻撃を指揮。

すのか？　軍艦を動かすのか？　勝てるわけないよなと、そんなことは子供にだってわかることで。鉄がないから軍国主義というのは本当に愚かなんですね。鉄がないからと、私たちは鉄鍋から何から何まで金属供出させられて、国民はひどい目に遭った。ここへきて再び、あの過（あやま）ちを繰り返そうというのは、どうかしています。

瀬戸内　本当にそうです。

美輪　ある代議士がテレビで言っていましたよね。「徴[★7]兵制度も場合によっては有りうる」と。あんなことをサラリと口にできるのは、自分たちが行くとは思っていないからですよ。

自分や自分の兄弟、息子、孫。お父さん、夫、そして娘

★7　徴兵制度：国家が国民に兵役に服する義務を課す制度。

さんのボーイフレンドといった自分にとっての大切な人が戦争に行くことになったら……という想像力に欠けているから言えるんです。

自衛隊に自分の家族はいないからいいやと他人事なんですよ。だから私は「徴兵制度？　結構でしょう。その代り、言いだしっぺの責任をとっていただいて。まずご自分から、国会議員から、軍備賛成と支持した選挙民の方まで、年齢に関係なく、鉄砲を担いで、鉄兜を被って、ゲートルを巻いて、まず第一に兵隊として出ていただくと。それだったらいいですよ」と条件を掲げたい。

自衛隊を後方支援にやるといっても、自衛隊員だって日本国民の一人ですよ。妻もいれば子供もいる。親もいます。家族もいるんですよ。しかもいろんな事情があって自衛隊に入った兵隊さんたちを、私は慰問に行って知っていますからね。それを軽々と「徴兵制度もあり得る」だなんて。何を考えているのかと思います。そもそも日本が戦争できると思っているというのがおかしい。だって、もう日本はできない条件を全部作っちゃったんですよ。ということは抑止力を作っちゃったんですよ。何かと言いますと、原発です。日本全国をずっとなぞるようにね、五十数基原発を作っちゃったでしょう。

瀬戸内　そうです。日本なんて敵国の爆弾によって一発でなくなりますよ。

美輪　今は特攻隊の時代じゃないんですよ。ドローン[★8]の時代だし、ミサイル、無人機の時代でしょう。無人機でもって日本中をずっとなぞるようにして爆弾を落としていったら、全部の原発が爆発する。それで日本は全滅。一日で片がつくんですよ。だから日本はいかにそれを避けるか。そのための外交力を培うことが重要課題で。これからは経済戦争、情報戦争、文化戦争。もう知力の戦いの時代になっているのですから。ところが、まだ第二次世界大戦の時代の意識のまんま止まっているんですよ。あり得ない話ですけれどね。

★8　ドローン：遠隔操作や自動操縦によって無人で飛行できる航空機の総称。

感性も知性も
育まれていない日本人では
知力の戦いにおいても、
たちまち敗戦してしまいます。（美輪）

瀬戸内　少し前はね、「この世の中を変えましょう」なんていう英雄みたいなのがいたでしょう。今はそういう人が一人も出ない。これはどうしてでしょうね？　自分の身を守っているからかしら。

作家であり、政治運動家として活動した小田実（おだまこと）[★1]さんなんかね、一九六〇年代当時、若い女の子なんかが「小田実さんだ！」って、追いかけて行くほど人気があったんですよ。それでちゃんと「戦争をしちゃいけない」ということを伝えていましたね。だから影響力が大きかったんです。今はそういう人がいないのね。

美輪　影響力のある英雄がいないという以前に、人々の選択肢が広がり過ぎたということがあるように思うんで

★1　小田実（一九三二〜二〇〇七年）：大阪府出身。作家、政治運動家。一九六一年に発表した著書『何でも見てやろう』が多くの若者に支持され、ベストセラーとなる。反戦運動団体の「ベトナムに平和を！市民連合」を結成。反戦運動に取り組んだ。

すね。

たとえば今って恋愛しない若い人たちが増えていると言いますよね。私たちの時代というのは、娯楽といっても読書、活動写真[★2]、ラジオ、レコードでの音楽鑑賞。それぐらいで、あとは娯楽とかそういうものがないから、自然に恋愛のほうへ興味がいきましたでしょう。でも今は、恋愛しなくても夢中になれるものが山ほどあるんです。

選択肢が多岐に広がったということは、エネルギーが分散されることを意味するのだと思うんですね。現代は、一つの事柄に情熱的に打ち込むという概念に欠けた時代だといえるでしょうね。

★2 活動写真：明治〜大正前期までは映画のことを活動写真と呼んだ。

瀬戸内　そうかもしれませんね。

美輪　しかも本物志向でないんです。音楽にしても、メロディーがないんですよ。リズムが全部同じ。二ビート、四ビート、八ビート、十六ビート。

私たちの時代はワルツがあって、タンゴがあって、ハバネラがあって、ビギンがあって、いろんなリズムがありましたでしょう。メロディーが美しかったじゃありませんか。

いい音楽も知らない、素晴らしい絵画も知らない、美味(おい)しい食べ物も知らない、コミュニケーションは会わずにSNSで、本は読まない、映画も舞台も観ない。そういう経験値の低い日本人が増えているというのは由々(ゆゆ)しき問題だと思います。感性も知性も育まれていない日本人では知力の戦いにおいても、たちまち敗戦してしまいますから。

戦争はすべて集団人殺し。
そんなことをしちゃいけない。
「殺すなかれ、殺させるなかれ」が
仏教の根本の思想です。
（瀬戸内）

瀬戸内　とにかく、戦争は絶対にしてはいけません。今の政府はだんだん戦争をしようとしているんですよ。だから、それはもう私たちが命をかけて反対しなければいけません。戦争というのは、いい戦争とか聖戦とかね、何かのための戦争なんてないんですよ。戦争はすべて集団人殺しですから、そんなことをしちゃいけない。仏教は「殺すなかれ、殺させるなかれ」というのが根本の思想です。殺しちゃいけない。殺させてもいけないんですよ。

それなのに今の政府はね、本当におかしいんですよ。新聞やテレビでは、今、私が言ったような「今の政府はだんだん戦争をしようとしている」といったことを言ってはいけないような空気があって、それがまた怪しいんですよね。

美輪さんはとっくの昔から戦争に反対しておられて、「安倍首相は自分の親類を全部連れて戦争に行け」とおっしゃっていますけれど、私もそう思いますね。

戦争には断固として反対します。私ね、この世の中で大抵のことは経験してきたんですよ。でも牢屋に入ったことはまだないんですね。だから、最後はそれでもかまわないと思うんですね。もう怖いものはありませんから。命がけで戦争に反対する。それは自分の使命だと思っています。

美輪　私も戦争の悲惨さというものを伝えて、戦争への流れを食い止めるのが生き証人としての自分の役割だと思っているんです。

忘れられない光景がありましてね。父が経営していたカフェで働いていたサンちゃんというボーイさんが出征するというので、女給さんたちと一緒に長崎駅まで見送りに行った時のことでした。

駅のホームにはサンちゃんのお母さんも来ていらした。私たちは「勝ってくるぞと勇ましく♪」って唄を歌って、「万歳！　万歳！」って三唱して。

いよいよ列車が出るという、その寸前ですよ。それまで後ろのほうで、控えめにしていらしたサンちゃんのお母さんが、どこにあんな力があるのかというくらいの勢いで、人をバァーッとかきわけて、突き抜けて前に出て来て、タラップに立っていたサンちゃんの足にしがみついたのは。

そして、こう言ったんです。「死ぬなよ。どげんことがあっても死ぬなよ。生きて帰って来いよ」って。

そうしたら憲兵みたいのが、「貴様ー！」って言って、そのお母さんの襟首（えりくび）をつかんで、パーンと駅の鉄柱へ突き飛ばしたんです。

瀬戸内　ああ。

美輪　「この戦時下において、なんだ貴様は。なぜ立派にお国のために死んでこいと言わんのだ」と怒りながら。お母さんは鉄柱に額をぶつけて血がダァーッと流れていて。ひどいでしょう？　その時にパッとサンちゃんの顔を見たら、なんとも言えない顔をして敬礼していてね。私、あの顔は一生忘れません。

サンちゃんはそのまま兵隊で死んだんですけどね、自分がこの世で最後に見た母親が、憲兵に突き飛ばされて血だらけになった姿だなんて、情けないじゃありませんか。そうした悲劇を、今の政治家の連中や官僚の連中は、再び繰り返そうとしているんですよ。

戦争というのは、世界各国の軍需産業の連中が起こしているんですよ。戦争になれば武器が売れる。ジープから、ジープのタイヤ、戦車や飛行機の部品……。そうしたモノが売れて儲かる連中がいるんですよ。戦争がなくなると困るという連中同士が、表では仲が悪いようなふりをしながら、裏では手をつないでいるんですよ。

私は、ただ「戦争反対！」と声を上げるだけでなく、国民が、戦争のカラクリというものについての知識を備え、「なぜ反対なのか？」ということを論理的に、説得力を持って伝えることができるようでないといけないと思っています。

政治家が悪いというのは事実ですが、一番の責任は選挙民です。危険な思想の政治家を選んで、支持しているわけですから。結局のところ私欲でしょう？

自分が所属している宗教団体や会社組織などの既得権益にしがみついて、この政党を応援すれば自分の生活が潤ううといった目先の損得勘定が働いて賛成しているわけでしょう?

そういう個人的な欲は全部捨ててください。第二次世界大戦と同じようにひどい目に遭いますよと私は言いたいんです。世間にはどうも切迫感がないんですよ。まだまだ他人事なんですよ。二〇一六年の参議院選挙では、ぜひ真剣に検討していただきたいと思います。

遺産について

百歳の祖母が亡くなり、それまでの介護や遺産のことで親族で揉めております。皆に悪意はなく、ボタンの掛け違いと言いますか、誤解や言葉の言い回しで感情がもつれ、以前のような付き合いができなくなりました。このようにもつれた人の感情を元に戻すことはできるでしょうか。私は悲しくてなりません。

（五十代・女性）

人付き合いは腹八分、もしくは腹六分と心に決める

美輪　元に戻す必要はないじゃないですか？　だって本質的なことが露呈しただけのことですから。それまでが建前だったんです。それならいっそ、「仕方がないか」と割りきったほうがスッキリしていいと私は思います。

「親戚なのに」「家族なのに」「友達なのに」と人間関係においてガッカリするというのは、そもそも相手に期待し過ぎなんです。もしくは幻想を抱き過ぎ。

家族といって、二世帯住宅やファミリーカーのコマーシャルを思い浮かべる人もいるようですが、コマーシャル

の中で和気あいあいとやっている家族はみんな役者さん。撮影が終わって「はい、お疲れ様でした！」となったら解散するんです。

ああいう夢幻に翻弄されて、「夫婦なのに夫は何もしてくれない。私は孤独だわ」なんて落ち込むのは愚の骨頂だと思います。

結婚すればいろいろな問題が起こりますけれど、試練という名の嵐の中で、互いに支え合い、手に手を取って乗り越えていく。その積み重ねが家族なんですよ。血のつながりは関係ありません。逆にいえば、血がつながっているという理由だけで、親戚と仲良くしなくちゃと考えるのはおかしい。そういう考えは捨てたほうが楽になれます。

「君子[★1]の交わりは淡きこと水の如し、小人（しょうにん）の交わりは甘きこと醴（れい）の如し」というのは荘子（そうし）[★2]の言葉です。立派な人の人付き合いはサラサラとしていて、上手に距離を保つことができるので長く続いていく。一方、ちっぽけな人間の人付き合いは甘酒のようにベタベタとしていて、濃密であるがゆえに長続きしないという意味です。

相談者の場合は親戚ですが、いずれにしても人付き合いは腹八分、もしくは腹六分と心に決めることをおすすめします。そう決めれば、精神的なことは解決することでしょう。

★1　君子：学識、人格ともに優れた立派な人。
★2　荘子：生没年不明。中国の戦国時代の宋国出身の思想家。

第四章

心、女性の美しさ

見えるものは見なさんな。
見えないものを見なさい。
それは心ですよ。
目の前にいる人の心が
純粋かどうか。
それだけが問題です。
（美輪）

瀬戸内　美輪さんはね、本当に美しいでしょう。鏡を見て、自分はどうも人よりも美しいと自覚したのはおいくつですか？

美輪　アハハ。確かに私は小さい頃に「可愛い、可愛い」と言われていました。中学一年に上がるか上がらないか、そのあたりからは「可愛い」ではなく、「綺麗」と言われるようになったんですね。
でも、あんまり言われていると、ありがたみも感じないし、実感も湧かない。「こんにちは」とか「さようなら」とか、そういうものと同じ感覚で受け止めていました。

瀬戸内　ああ。

美輪　ですから、当たり前だと思っているし。

瀬戸内　はぁ。

美輪　それに大切なのは外見ではなく中身です。そのことに私は比較的早い段階で気づいていたんですよ。

私の本籍地は、長崎市山里町二〇〇二番地。今は平和町と町名を改めていますけれど、長崎の原爆の中心地だった場所です。叔母なんかが住んでいたんですけれど、もろにやられまして。

私はもう一軒の家とのあいだを行ったり来たりして育ちました。もう一軒は、丸山遊郭の寄合町のところでカフェや料亭を経営していた父方の家。

戦前、父はお風呂屋も経営していたんです。ですから、いろいろな人が来ますよね。昔はお風呂のある家っていうだけで尊敬されたぐらいで、貧乏で家にお風呂がないからお風呂屋に行くという感じではなく、少々いい家の人でもお風呂に入りに来たんですね。

瀬戸内　そうでしょうね。

美輪　するとね、立派を身なりの人が裸になると「エーッ」っていうような、干物をそげ落としたような気の毒な身体だったり。かと思えば肉体労働をしているおばさんやおじさんが汗まみれの服を脱いだら、下からマイヨール[★1]の彫刻かというくらいに素晴らしい身体が現れたり。

少年だった私は、そうした光景を目の当たりにして、

★1　マイヨール（一八六一〜一九四四年）：アリスティド・マイヨール。フランスの彫刻家、画家。代表作に『夜』『空気』『地中海』など。

「着ているものなんてインチキなんだ。裸がこの人の本物なんだ」と思ったんです。

カフェにいたらいたで、お偉いさんが、お酒を飲んで乱れる様子を目撃します。ホステスや女給さんの裾に手を入れたり、頭を入れたりしてひっぱたかれて、あげくの果てに、酒をかけられてヘラヘラしているわけです。またもや私は「えっ、この人の昼間の顔は一体なんなの？もしかして、こっちが本物なの？」と考えてしまいましてね。

以来、私は人を見る時に、着ている物、容姿容貌、つまり顔形、年齢、性別、国籍、肩書といった外見は一切見ないで、目の前にいる人の心の純度がどれだけ高いか低いか、美しいか、優しいか、思いやりがあるか、そっちばかりを見るようになったんですね。

瀬戸内　なるほどねぇ。

美輪　だから私は言うんです。「見えるものは見なさんな。見えないものを見なさい。それは心ですよ。目の前にいる人の心が純粋かどうか。それだけが問題です」って。

そういう価値観で人を見るようになったので、自分が綺麗だとか汚いとか、そんなことは仮の姿であってどうでもよろしい。顔がどうであれ美しい心の人はいるわけだしと、思っているんですね。

――女性は「どうにか見られなくもない」程度の顔が平和な人生を送れる。（美輪）

それは美輪さんが美しく生まれたから言えること。女として生まれたからには、美しいほうがいいと思うんです。（瀬戸内）

瀬戸内　でも美しいほうがいいのではなぁい？

美輪　この世には「正負の法則」というのが働いています。プラスとマイナス、陰と陽、吉と凶といった相反する二つの事象で世界は成り立っていて、プラスに振れれば、プラスに振れたのと同じだけマイナスにも振れるというのが宇宙の法則としてあるわけです。

瀬戸内　美人に特化して言えば、ものすごく綺麗な人っていうのは、同じだけのツケを払うということですね？

美輪　そうです。クレオパトラ、楊貴妃（ようきひ）、小野小町（おののこまち）……。絶世の美女と呼ばれた人はみな、ロクな死に方をしていません。クレオパトラは毒蛇に胸を噛（か）ませて自殺。楊貴妃は絞殺（こうさつ）されて変死。小野小町は行方不明で野たれ死に。

瀬戸内　うーん。

美輪　マリリン・モンローだって、謎の死を遂げ(と)ましたでしょう。美女に限らず、大きな成功をおさめたエルビス・プレスリーにマイケル・ジャクソンといったスターも。世界一と呼ばれた人は決まって安楽な死に方していません。

だから、女性の容姿でいえば、「どうにか見られなくもないかなぁ」程度の顔がいいんです。平和な人生を送れるんですね。

瀬戸内　でもそれはね、美輪さんが美しく生まれたから言えることなんだと思いますね。

私の場合は、生まれた二人姉妹の私は妹。姉は肌の色が白くて小さくて、お店に出入りする人たちから「可愛い、可愛い」と言われていたんです。ところが私のことは誰も「可愛い」と言わないの。そのことに私は気づいてしまうんですよ。たまに褒められても、「この子は何だか賢そうね」とか「丈夫そうね」なんて言うだけで。

美輪　フフフ。

瀬戸内　物心ついた頃には、鼻が低いとわかっていたし、肌の色が黒いのもコンプレックスでした。だから、それが恨(うら)めしくてしょうがなくてね。

昔は洗濯ばさみって木だったんですよ。その木の洗濯ばさみで、綿を置いた鼻を挟んで寝てました。そうしたら、それを見た母が「お前は鼻が低くて色が黒いけどね、頭がいいからね、そんなに卑下しないでいい」というようなことを一生懸命に言うの。その言葉を聞きながら、「自分が産んでおいて、よく言えるなぁ」なんて批判したりしてね。性格も可愛くなかったんですよ。

美輪 アハハ。

瀬戸内 そんなわけで、私は美輪さんと違ってですね、自分がどうして可愛く生まれなかったのかって、ずっと腹が立っていたの（笑）。だから「どうにか見られなくもないかなぁ程度の顔がいい」なんて意見には、とてもじゃないけど賛同できませんね。

美輪　でもね、やっぱり私にも正負の法則は働いて、男だか女だかわからないっていうことでずいぶんと差別を受けました。戦争前であり、戦時中でしたからね。封建主義、軍国主義の世の中では、女も着物一枚でも美しい着物を着ていたら「なんだ、お前」って、警察に引っ張って行かれて、モンペにはき替えさせられたりしていたわけで。

基本的に男は坊主頭に国民服という時代でしょう。美しい男なんてあり得ないということで「なんだ、こいつ。女の腐ったみたいな顔をしやがって」って、そういう類(たぐい)のイジメをたくさん受けましたよ。

瀬戸内　ヤキモチですよね。確かに辛い思いもあったと思います。それでも美輪さんは、「よくぞ美しく生まれた。そのために得をした。自分は幸せだった」と思われたこともおありでしょう？

美輪　それはあります。

瀬戸内　それはいつ頃ですか？

美輪　ですから「正負の法則」なんですよ。だから昔から美人薄命とかね、美人薄幸。幸せが薄い。で、そのあとに何が来るかご存じ？

瀬戸内　うーん……。

美輪　醜女（しこめ）に病なし（笑）。

瀬戸内　まったくもうね、美人でない人にしたら笑えない話ですよ。

美輪　でも昔からそう言われていましたでしょう。だからどちらを選ぶかですよね。私はいろいろな人を見てきましたけどね、美しい人っていうのはやっぱり恐ろしいことに落差というものが来るんですよ。これは怖いです。たとえば昔、綺麗だった女性の悲劇っていうのが確実にありますから。

瀬戸内　本当に？　綺麗な人は、ずっと綺麗なんじゃなぁい？

美輪　いいえ。いかなる美女も、ある程度の年代にいくとみんな横一列に並んじゃうんですよ。その並んだ時が勝負で。

瀬戸内　ほーっ。

美輪　何十年ぶりかに同窓会の通知が来ました。「A君もB君もC君も私にラブレターをくれて。そうだ、久しぶりにブイブイ言わせてやりましょう」と考えました。記念のために、もしかしたらということもあるから勝負の下着も着て、いつもより厚塗りのペンキ工事もして、賛美の眼差し（まなざし）を一身に浴びるべく期待して同窓会場へ行きました。

ところが、賛美の眼差しどころか驚愕（きょうがく）の眼差しで見られて、「本当にこれ、あいつ？　老けちゃった。うわー、こんなのと一緒にならなくて良かった」っていう顔で見られ、プライドが傷ついて、うちに帰っても夜もろくろく眠れません。

一方、若い頃から美しくなかった人には、そんな心配は不要です。同窓会場へ行くと「よお、しばらくだね。元気してる？　ちっとも変わらないね」と言ってもらえますから。

瀬戸内　アハハハハ。でもね、この頃の女の人たちは本当に綺麗になりましたよ。もう、五十歳が初老だなんて誰にも言わせないという感じで、本当にみなさん綺麗ですよ。美しい。

私は女として生まれたからには、もう何を塗ったたって、何を食べたっていいからね、美しくあったほうがいいと思うんです。

長生きしたい人は、
私の真似をしたらいい。
歳をとっても
美しくありたい
という人は、美輪さんの真似を
したらいいですよ。（瀬戸内）

瀬戸内　美輪さんの美しさの秘訣(ひけつ)をちょっと教えてください。

美輪　そんなものはございません。ただ私は節制ということだけは意識的に行っています。二十歳代ぐらいの時に、それまで一升(いっしょう)酒を飲んでいたのを止(や)めましたでしょう。

実は、歌っている最中に胃けいれんを起こしましてね、これは歌い手として恥だと思いまして、それっきりもうお酒は止めて。煙草(たばこ)も一日百本ぐらい吸っていたんですけれども、これも大病をしましてね。それで止めまして。

それ以来、私は修道僧みたいな生活です。昔から付き合いのある方々は、仕事関係の人たちにしても、みんな驚かれます。地方公演でも宿と仕事場とを行ったり来たりするだけで、飲みにも食べにも行かない。カラオケにも、どこにも行きませんしね。毎年、舞台の一カ月公演をやっておりますけれど、三時間半の舞台に出ずっぱりで何ともないんですね。これは節制のたまものだと思っています。

瀬戸内　本当に体に気を使ってらっしゃるんですねぇ。

美輪　ええ。お肉はあまりいただきません。というのも、お肉をいただくということは気が短くなってキレやすくなるんですね。

瀬戸内　ほぉ。

美輪　ライオンだって何だって、肉食獣は獰猛でしょう。逆に草食動物は、みんなおとなしいんです。ですから私、食事もなるべくそれに沿うようにして。
そして、どんなことがあっても眠るようにしているんですね。それから、一日一回お経を上げて……。

瀬戸内　美輪さんのほうが私よりずっとお坊さんらしい（笑）。

美輪　いや、お坊さんでなくて、尼さんです（笑）。

瀬戸内　私はね、今、美輪さんがおっしゃったことの反対をやっているんですよ。肉を食べ、お酒を飲む。煙草は途中で好きにならなかったから止めたんですけど、一頃は吸っていたんですよ、ずいぶんね。それで、今でも体に悪いというものばっかり食べているんですよ。お酒も好きなだけ飲んでいるんですよ。それでも九十三歳まで生きているのね。だから、一生懸命辛抱することがすべてでもないように思うんですね。美輪さん式か私式か。長生きしたい人は、私の真似をしたらいいですよ。歳をとっても美しくありたいという人は美輪さんの真似をしたらいい。

美輪　いずれにしても女の人は強い。これだけは確かなことですね。

老いについて

老いの恐怖が始まりました。
どう生きていけば良いでしょうか？

（六十代・女性）

老いを受け入れる覚悟が必要

瀬戸内　六十代だったら、まだ老いなんて考えないほうがいいんじゃないですか？

美輪　瀬戸内さん九十三歳、私は八十歳。私たちに向かって、よく老いが怖いなんて言えますね（笑）。

瀬戸内　人間は生まれた時、その瞬間から老いに向かって生きていくんですよね。だから、いつまで経っても老いないって、それはおかしいんでね。美輪さんなんかはちょっとおかしいのよね。

美輪　申し訳ございません（笑）。

瀬戸内　歳をとるのは当たり前。歳をとることに恐怖心を抱くのもわかりますよ。というのも、老後の生活に対する心配がありますから。

今の政治が非常に悪いからね。年金もあてにならないし、働くこともできないし、かといって何をするのにしてもお金がかかる。「下流老人」といった言葉を他人事だと思えないという人がほとんどだと思うんです。

家があって、一緒に暮らす家族がいて、病気になっても家族がちゃんと看てくれて、死ぬ時は病院じゃなくて家で死ねるという昔のような状態だったら、歳をとることも怖くはないんですよ。家に孫がいてね、「お爺ちゃん、お爺ちゃん。お婆ちゃん、お婆ちゃん」って言ってくれれば寂しくないですもんね。

でも今はもうそういう家庭はほとんどないでしょう。だから、みんな歳をとるのが怖いんですよ。

だけど、やっぱり人間は老いるために生きている。死に向かって生きているんですね。そのことだけは覚悟しておいたほうがいいです。老いを受け入れればよいのであって、私のように尼さんになれとは言いません。だって尼さんになったたって老いるんですから。死ぬんですから。

私、昨年、病気をしましたでしょう。最初は背骨の圧迫骨折で、もう痛くて痛くてしょうがなかったんです。

私は立派な尼さんとはいえませんが、普通のお坊さんよりは、ちょっと一生懸命に務めていると思っていたんですよ。それでね、いざとなったら仏様が守ってくださると思っていたの。ところが痛くて痛くて、ちっとも守ってくれなかったんですよ。その時ね、神も仏もあるものかと思いましたよ。

美輪　フフフ。

瀬戸内　それでも何とか退院の時を迎えることができたのですが、その頃になって、胆（たん）のう癌（がん）があることがわかったんです。それで手術をして袋ごと取り除いてもらいました。腰が痛くて入院しなかったら、検査していないんですね。でも発見が遅れていたら、悪化して、今頃は死んでいたかもしれないんですよね。

元気な時は「早く死にたい。早く死にたい」なんて口癖のように言っていたのですが、助かってよかったと喜んでいる今の自分がいて、自分は本当は死にたくないんだな、まだ生きたいんだなって思いました（笑）。神も仏もあるものかと思っていたのに、やっぱり神様も仏様もいらして、私のことを守ってくださったと感謝感謝でね。私はもうしょっちゅう考えが変わるんですよ。

美輪　アハハ。人間というのは勝手なものですね。

瀬戸内　歳をとることに関しては怖がることはない。だって自分だけが年寄りにならないっていうのはおかしいんですよ。だから、みんなで仲良く年寄りになりましょう。それでいいと思います。

第五章

宗教、人生

仏壇や神棚はいってみれば電池。
心にエネルギーを充電するために、
拝むんです。（美輪）

人が本気で拝んだら、
仏像様に伝わって命が通うと
この頃は思っています。（瀬戸内）

瀬戸内　さきほど、毎日お経を上げておられるとおっしゃっていましたけれど、それは精神性を高めるためですか？

美輪　ええ。願い事をしているわけではなく、心を鎮めるためですね。あとは悟りを開くため。

たとえば私は、世の中の真理と常識は違うと思っているのですが、そうしたことがお経を上げる時間の中で、フッと心に浮かんでくるのです。

キリスト[★1]にしてもね、ムハンマド[★2]にしても、日蓮[★3]（にちれん）にしても、お釈迦様にしても、あの方たちはみんな聖者というより、身の上相談のおじさんたちなんですね。ですから「こういう場合はこうしなさい。こういう場合はこう

★1　キリスト（紀元前四年頃～紀元後三〇年頃）：イエス・キリスト。キリスト教の創始者。

★2　ムハンマド（五七〇年頃～六三二年）：イスラム教の創始者。

★3　日蓮（一二二二～一二八二年）：日蓮宗の開祖。「法華経」を通じ真の仏教を知るという確信に至り、「南無妙法蓮華経」という題目を広めた。

考えなさい」って導いてくださる。目には見えない存在から学ぶところがたくさんあると思っているので、私は聖書や仏典を読みますが、そこから学んだことを人生に取り入れたいと真剣に考えていたら、自然と毎日の読経(どきょう)を習慣にするようなストイックな生活になりますよね。

瀬戸内 私、美輪さんのお経を聞いたことがあるんです。もうね、声がいいでしょう。それに堂々としてお経を上げておられ、傍(かたわ)らで聴いていてうっとりしました。素晴らしいお経でしたよ。本当にお坊さんになったほうがいいんじゃないかな。

美輪 お坊さんじゃなく、尼さんです(笑)。読経といっても、南無妙法蓮華経もあれば、[★4]南無阿弥陀仏もある。[★5]南無大師遍照金剛もあるといった具合に、宗派によっていろいろで、それぞれに趣旨がありますよね。それでも読経の心得は共通しているんです。拝んでいる時には、雑念を一切取り省いて何も考えないこと。ガラス玉や水晶玉のように、自分の心が澄んだ状態をイメージします。清らかで、慈悲にあふれていて、優しく。けれど頭は冷たく。冷静さを保ち、いかなる天変地異があろうと決して感情的にならない。どんなことがあろうとも常に冷静沈着。

つまり、読経の際に大切なのは、心は温かく、頭は冷たくという、そのバランスですね。そのバランスを整えな

★4　南無阿弥陀仏：「南無」は「帰命」すること。阿弥陀仏に帰依するという意味の念仏。

★5　南無大師遍照金剛：平安時代、空海が開いた高野山真言宗で唱えるお経。

がら、私は、我は仏である、仏である、仏である……と、つまり純粋なエネルギー体、まあるいエネルギー体であると自分に言い聞かせます。

仏壇とか神棚というのは、いってみれば電池なんですね。心にエネルギーを充電するために、向き合うわけです。

その時に「あん畜生、憎らしいから何とかしてください」とか、「ああ、頭にくる。もう嫌になっちゃった。何とかしてくれ！」というような気持ちで充電をしますと、そういう想念が物事を複雑にして、問題をこじらせてしまう。そういう時は拝まないほうがいいんですよ。拝む時には、雑念を取って、清浄なエネルギーを充電する。それを繰り返していると、自分自身が清浄に研ぎ澄まされてくるんですよね。

一日一回、神と対話する時間を持てば、どなたでも清浄な光を放つ人になることができる。そうするといろんな現象がね、善いエネルギーが働くんですね。

瀬戸内　私はね、本当にお坊さんになってしまったからね、もう仕方がないから、お坊さんの務めをやっているんですよ。でもね、普通のお坊さんよりよく務めていると思ってます。ただし、本当に仏様がいて助けてくれるとかね、仏様がいい運を持ってきてくれるって思えないの。

美輪　おやおや。

瀬戸内　うちにお参りに来る方の多くが言うんですよ。「寂庵の仏様は本当によく、願い事を叶えてくださる」って。「癌になって死ぬかと思ったら治った」とか、「なかなか結婚できずにいた娘の縁談が決まった」とか。私は「それはただの偶然よ」って心では思っているけどね、せっかく喜んでいるのをそんな風に言わないで「ああ、そうですか。それは結構ですね」なんて言うんですけどね。でも仏様が助けてくださるとは信じていないんです。
だってね、うちに祀っている仏様なんて、ちっとも素晴らしい仏様じゃないいんですよ。友達がお金に困って古美術商に勧めたんです。それで、お付き合いで何か買ってあげようと思って行ったら、仏様があったの。それが今、庵（いおり）にあって、みなさんが拝んでおられる仏様なんですよ。

古美術商の説によれば、奈良の興福寺（こうふくじ）の千体仏の一つですって。目も鼻もおぼろになってます。でも肩のあたりなんか力があるでしょう。第一、あの仏様は木と鉄でできているんです。そんなの真の仏様とはいえないでしょう。

だけど、たくさんの人が本気で拝んだらね、何かそこに魂が入るのね。

人が一生懸命になって拝む。その念というものは、仏様

に伝わって、木像なり、鉄の像に伝わって、そこに命が
通うのかなって、この頃は思っています。

最近の新興宗教って
あっという間に大殿堂が建つ。
そんなことはあり得ない。（瀬戸内）

美輪　以前、総合科学の博士と対談したことがあるんです。その時に、博士が魂とか霊魂というのはエネルギー体であり、未発見の素子（そし）ではないかと言っておられました。

原子[★1]、電子[★2]、中性子[★3]、陽子[★4]といろんな素子がありますけども、肉眼で見えないぐらい小さなものでありながら、原爆のように何十万人もの人を殺すだけの威力を持つエネルギー体なわけですね。この世には、その眼には見えない小さなエネルギー体が無数に浮いているのだと。その中でも神仏と言われているエネルギー体の純度は高く、私たちの放つエネルギー体の純度はまだまだ低い。だからこそ、私たちの魂はさまざまな経験を経て純度を

★1　原子：物質の基本的構成。

★2　電子：原子内で原子核のまわりに分布して原子を構成する、負の電荷を持つ素粒子。

★3　中性子：原子核を構成する中性の素粒子。

★4　陽子：中性子と共に原子核を構成する、正の電荷を持つ素粒子。

高めるために地球に来る。

地球というのは、プラスとマイナスの間に浮いているので、いいことと悪いことが起こるわけですが、ともかく、地球でエネルギー体の純度を高めるためには、小学校から中学校、高校、大学、大学院へと進学するように、修行の段階というものを踏んで、上に行けば行くほど試練が難しくなっていく。

多くの人は厳しい試練を恐れますけれど、本当は大きな試練に見舞われるのは、エネルギー体としての純度を高めるための大チャンスに恵まれたということなんですね。

だから何事も逃げずに受け入れ、感謝して乗り越えることが大切。そうすると、何事も怖くないという自由が生まれるんですよ。それを心から理解した時、人は本当の意味で強くなることができるように思います。

人は、男女の性行為の際に女性器の中にエネルギー体が入って、十月十日(とつきとうか)で生まれてくる。生命の誕生ですね。それがまた元に戻る状態を「死」と言うのですね。死んだら、生まれる前にいたところに戻り、再び、生まれてくるということの繰り返し。想念は気のせいでも迷信でもなく、存在していると私は確信しています。

ただし、変な新興宗教や、スピリチュアルだとか、霊能者だとか、占いとか、そういったものに寄りかかったりしないほうがいいです。大体インチキがものすごく多いですから。

本物もいらっしゃいますよ。いらっしゃいますけど、わずかですから。だから、そこをお気をつけあそばしてというふうに私は思います。

瀬戸内　新興宗教ということでいえば、日本の仏様でもね、生粋の日蓮宗[★5]にしろ、天台宗[★6]にしろね、それから真言宗[★7]にしろね、全部、その昔は新興宗教だったんですよね。今まである宗教が気に入らなくて、新しくできた宗教だった。でもそれが本当にいい宗教だから残っていって、やがて既成仏教になったわけでしょう。

だからね、新興宗教でもね、本当にいい宗教だったら残るんですよ。だけど、最近の新興宗教って、あっという

★5　日蓮宗：仏教の宗派の一つ。鎌倉時代に日蓮によって開宗、法華宗とも呼ばれる。

★6　天台宗：唐時代の中国へ渡った最澄（伝教大師）によって日本に伝えられ、八〇六年、比叡山延暦寺で開宗。

★7　真言宗：空海（弘法大師）が唐の長安に渡り帰国、八一六年、高野山金剛峯寺で開宗した。

間に大殿堂が建つんですよ。そんなことはあり得ない。

美輪　アハハハ。

瀬戸内　私は出家してもう何十年にもなりますけど、殿堂なんて絶対に建たないですよ。部屋を一間増やすのだって、もう大変なことでね。宗教でお金なんて絶対に儲からない。だから私は「お金を取る新興宗教はやめなさい」って言っているんです。

人生には苦労がつきもの。
苦しみや悲しみのない
人生はないし、痛みや
劣等感を抱いていない人も、
この世に一人もいないんです。
（美輪）

美輪　天は自ら助くる者を助くでね、最後に自分を助けるのは自分自身ですからね。

瀬戸内　「自分を助けるのは自分」というのは、自分を信じるという意味ですね。それは本当に大切なことだと思います。

自分が自分を信じることができなくて、どうするのかと思いますから。でもそれはね、自信過剰ということとは違うんですね。

美輪　ええ。「美輪さんはいろんな才能に恵まれて、うらやましいです」と言っていただくことがあります。実際の私は、特別な才能に恵まれているわけではないし、ドジだしね、お料理の一つもできないし、プライベートでは冴えなくて、自己嫌悪に陥りますよ。

ただし、自分以外の人のことをうらやましいと思ったことはありません。こんなことを言えば、ああ、やっぱり美輪さんは自信家なんだなと思われてしまうかもしれませんけれど、自信家なわけではないんです。

小さいお子さんからお年寄りまで、七十三億という地球の人口の中で、まぁいろんなことがありますわね。イジメ、失恋、離婚、夫婦問題、嫁姑問題、子供がグレたり、引きこもったり、職場の対人関係とか、容姿容貌のコンプレックス、能力の有る無しとか、家族の介護、自分自身の病気……。

いずれにしても、どんな人の人生にも苦労がつきもので、苦しみや悲しみのない人生なんて一つだってないし、心の痛みや劣等感を抱いていない人も、この世に一人もいないんです。だから、みんなお互い様なんですよ。

瀬戸内 でも美輪さんには劣等感はないでしょう？

美輪 はい？

瀬戸内 劣等感などないのではありませんか？　美輪さんには。

美輪 そうそう。劣等感はないんです。

瀬戸内 ほら。ないじゃないですか（笑）。そういう人もいますよ、たまには。

美輪 劣等感を抱いたことならあります。でも劣等感を手放すことができました。それがなぜかといったら、物事を突き詰めて考えるからですよ。中途半端に放置するから劣等感なのであって、考え方を変えて眺めてみれば劣等感でなくなります。

それが先ほども申し上げた、どんな人の人生も平等だという話につながるのですが、人は「自分だけが……」と思って落ち込んでしまいがちなんですね。

でも、どんな人の人生もパーフェクトではないと理解すればいいだけのこと。

それだけで救われるんです。

瀬戸内　お釈迦さまは「この世は苦だ」と断定されました。でも亡くなられる前には、「この世は美しい。人の心は甘美である」とおっしゃっています。

何事に対しても
腹八分ならぬ腹六分。
それが、人生をしなやかに
生きるための秘訣です。（美輪）

美輪　すべてに恵まれている人なんて、いないんですよ。綺麗なファッションモデルが向こうから歩いて来るとしましょう。顔形も綺麗。見事なまでの八頭身。着る服の趣味もいい。カッコよく、シャンシャンと歩いて来る。もう不器量な人はそれで「うらやましいわ。ああいう女性は、さぞかし男の人にモテるでしょうね」って、いろんなことを妬(ねた)むのでしょう。
でもね、その綺麗なモデルさん、イボ痔(じ)かもしれないんですよ。切れ痔かもしれないの。ひょっとしたら便秘で十日ぐらいウンコが出ないのかもしれないじゃありませんか。

瀬戸内　ワハハハハ！

美輪　そんなことは聞いてみないとわからない。そういう想像力が自分を苦しみから救うんですよ。

お金持ちはうらやましいというけれど、私の知る限り、大金持ちの末路というのは哀(あわ)れです。何のための人生だったのかというような寂しい末路を迎えているケースが本当に多いんですね。

身分不相応なお屋敷を建てた人は、詐欺(さぎ)に遭って財を失うとか、奥さんに浮気されるとか、子供さんが病気になるとか、本人が不治の病(やまい)になるとか、いろいろなことが起こる。先ほどもお伝えした正負の法則によってツケが来るんですよ。

だから、「お父さん、近所にすごい豪邸ができたわよ。

うらやましいわね。あなたも早く、ああいう家を建ててよ」なんて言う必要はないんです。「お父さん、近所にすごい豪邸ができたわよ。今に何か起きるわよ」と言うべきでしょうね。

瀬戸内　ハッハッハ。

美輪　雨露がしのげる家があって、着る物なり食べる物がそこそこにあって、そして愛するお友達なり、恋人なり、家族なりが誰かいてくれれば、もうそれが一番平和な幸せな人生。骨折り損のくたびれ儲けにならなくてすむんですよね。

あの世に持っていけないんですもの、死んでしまったら。家も土地も財産も、誰かのものになっちゃう。つまり、お金も土地も、この世で借りているだけなんですよね。それに気がつけば、誰だって無駄なことはしないんですよね。

私は無駄なことはしたくないですから、何事に対しても腹八分ならぬ腹六分。

それが、この人生をしなやかに生きるための秘訣だと捉えているのですけれど、いかがでしょうか？

瀬戸内　身の丈(たけ)にあわないことはしないほうがいいです。やはりね、それが苦労の種になってしまうんですね。別に見栄(みえ)を張ることもないし、世間体(せけんてい)もどうでもいいんですよ。
そしてね、何事にも感謝するという心の癖(くせ)をつけるといい。「ありがとうございます」と言い続けていたらね、間違いないです。

それにしても今日はいろいろなことについてお話ししました。こんな機会はもうないかもしれませんね。美輪さんだって、いつまでもこんなに美しくあり続けるはずがないんですよ。今は八十歳になんかとても見えませんけれど……。本当に見えません。不思議な人ですね(笑)。

とにかく、今日の対談のおかげでまた一つ、冥途の土産が増えました。こんな結構な時間をほんとうにありがとうございました。

美輪　こちらこそ。ありがとうございました。

結婚について

結婚相手を決めるポイント、本質の見抜き方を教えてください。

（二十代・女性）

結婚＝幸せというのはクワセモノ

瀬戸内　こんなことを質問する人は、どうかしているんじゃないの？　どんな人が好きかというのは、十人いたら十人とも違うのだから、自分の好きな人を結婚相手に選んだらいいんじゃないんですか。

「こういう人が結婚相手として理想的だ」なんていうのはないんですよ。「お金持ちの息子さんがいいな」と思ったって、大体そういうのは頭が悪いですし（笑）。どの道、苦労はありますから、それなら、「この人のためならば」と思うことのできる人と結婚するのが一番いいと思いますけど、どうでしょうか？

美輪　私はそもそも、結婚＝幸せという思想がクワセモノだと思うんですよ。

結婚式で「結婚して幸せになります！」って宣言して、「結婚して幸せになってください！」ってエールを贈られて、結婚して幸せになった人がどれくらいいます？

一人でいれば幸せだったのに、結婚したために不幸になった人がいっぱいいるじゃないですか。

そりゃあ中には間違って幸せになった人もいますよ。でもそれは宝くじに当たったようなもの。だって結婚式って門出を祝うためにあるわけじゃないんです。恋愛は自由とロマンと夢ですよ。結婚は現実だけです。

だから結婚式というのは、自由と夢とロマンとの決別式。白いお振袖、白いウエディングドレスは死に装束なんですよ。「これから私は、自分の自由もなにも全部放棄します」ということの宣誓式が結婚なんですよ。結婚しても、夢とロマンと自由を手放したくないと考えるなんてずうずうしいです。

好きな人がいたら結婚したらいい

瀬戸内　子供は？　現状の日本では、結婚しないと生まれた子供が父親のない子になってしまいますでしょう？

美輪　男と女が「だましした」「だまされた」と揉めるけ

どお互いの責任ですよ。

いずれにしても子供に責任はありません。ですが、子供が生まれたら、自分は死んだと思って、子供のためだけの人生を歩むべきだと思います。

瀬戸内　うんうん。私はそれができなかったから娘を置いて嫁ぎ先を出てしまったんですけどね。まず最初に言っておくと、これは絶対にすすめません。必ず後悔します。

私ね、九十三歳まで生きてきて、後悔したことってないんですよ。男が変わっても、それはお互い様だと思って後悔しない。だけど子供を置いて家を出たっていうことだけは今でも悔(く)いています。

娘とは交流していて、孫もひ孫もできましたけれど、それはそれでちょっと困っているんですよ。娘が四歳の時から育てていませんからね。会っていても、なんとなく他人行儀で、怒鳴ったりできません。機嫌ばかりとってしまって。子供って育てないと親でも子供でもないんですね。

美輪　はい。よく子供をたくさん産む人がいるじゃないですか。産むのは結構ですよ。でも養育することができて、教育することができてと、人間の先輩としての指導力を持っていればの話です。そうした準備が整っていないのに、ただエッチしたいからって。まあそれも結構でしょう、個人の自由ですから。

でも好きなだけエッチしたら、産みたくもないのに子供が無計画に生まれちゃったって、これは無責任だし腹が立ちますね。それだったら子供が生まれないように避妊すべきでしょう？

セックスが好きで、セックスを好きなだけやりたいという女性は、とにかくまずは卵巣の管を結ぶ手術を受けてからになさいと言いたい。そうでないと不幸な人間を送り出すわけですからね。それは犯罪だと私は思います。

瀬戸内　美輪さんの話を聞いていて思い出したんですけどね。寂庵に丸い大きなテーブルがあるんです。ある時、そのテーブルの周りに編集者とか、ライターとか、カメラマンとかね、十人の女性が座って、飲んだり、食べたりしながら談笑をしていたんですね。ふっと私は思いついて、「この十人の中に離婚した人はいる?」って訊いたら、十人がサッと手を挙げて。中には両手を挙げる人もいてね。二度離婚したというわけ。

美輪　アハハ。

瀬戸内　次に私は「子供は?」と訊いたら、みんな子供がいるというんです。それで「離婚する時に、お子さんはどうした?」って尋ねたら、十人が十人、口を揃えて「もちろん連れて出ました」と言ったの。その時に私は、いい時代になったなと思いました。

私の時代は、女が子供を育てながら自立をするなんてことは、経済的に不可能だったんです。子供を抱えて、お金にならない小説なんて書いていけないですよ。もちろん私も迷って迷って。娘を連れに行ったのに、顔だけ見て引き返したりしてね。そんなこともありました。

それが今では、嫌な旦那さんは捨てて、子供は自分で育てているんですよ。

頼もしいなぁと思って。世の中はそうなっていますから、怖がらないで、好きな人がいたら結婚したらいいと思うの。それで上手く行かないなと思ったら離婚したらいいんですよ。

精神的に、そして経済的に自立している女性は自由に生きることができます。

それにね、子供を産むというのは、女にしかできないことでしょう？　それがすべてだなんて言ってませんよ。でも何でも経験ですから、結婚も出産して親になることも、機会があるなら経験したらいいと私は思うんです。

美輪　結婚、離婚に関してはケースバイケースで、一概にはいえません。親は揃っていればいいとは限らなくて、変な父親ならいない方がいいということもあるでしょうし。

瀬戸内さんのお子さんにしても、瀬戸内さんに引き取られて育てられなかったのが、かえって幸せだったかもしれないですよ（笑）。

ただ、結婚自体に対する妙な幻想や結婚産業の企みに振り回されてはいけない。世間体なども気にせずに、自分らしい生き方を見極めることが大切だと思います。

瀬戸内　そうですね。美輪さんが子供をたくさん産むなっておっしゃいましたね。それで思い出したのが私の母です。

防空壕（ぼうくうごう）の中で五十歳で焼け死にましたが、その母が、婦人雑誌か何かでマーガレット・サンガー夫人の「産児制限の思想」についての文章を読んでいて、子供は充分教育してやれるだけ産むことと、私と姉にしっかり教えました。子供を大学にやれるだけ産むのが親の責任だと教え続けました。

自分も姉と私しか産まなかった。姉も二人しか産んでいません。私は一人。

美輪さんのおっしゃることは、非常に大切なことだと思います。

著者紹介

瀬戸内寂聴（せとうち　じゃくちょう）

1922年、徳島市に生まれる。作家、僧侶。東京女子大学卒業。1957年、『女子大生・曲愛玲』（新潮社）で新潮社同人雑誌賞、1961年、『田村俊子』（文藝春秋）で田村俊子賞、1963年、『夏の終り』（新潮社）で女流文学賞受賞。1973年、平泉中尊寺で得度受戒。法名・寂聴。1974年、京都・嵯峨野に「寂庵」を開く。1992年、『花に問え』（中央公論新社）で谷崎潤一郎賞、1996年、『白道』（講談社）で芸術選奨文部科学大臣賞受賞。1997年、文化功労者に選出。1998年、『源氏物語』（講談社）現代語訳完訳。2006年、イタリア国際ノニーノ賞受賞、文化勲章受章。2007年、比叡山禅光坊住職に就任。2008年、安吾賞受賞。最近の著書に、『いのち』（講談社）、『95歳まで生きるのは幸せですか？』（池上彰氏との共著、ＰＨＰ新書）などがある。

寂庵 HP https://www.jakuan.jp

美輪明宏（みわ　あきひろ）

1935年、長崎県に生まれる。歌手、俳優、演出家。16歳でプロの歌手として活動を始め、銀座のシャンソン喫茶「銀巴里」を拠点にし、注目を集める。1957年、『メケメケ』が大ヒット。『ヨイトマケの唄』など多数の作品を手がける一方、演劇活動においても、寺山修司の『毛皮のマリー』、三島由紀夫と組んだ『黒蜥蜴』ほか数多くの作品に出演。俳優、タレントとして、舞台・映画・テレビ・講演・著作と多方面で活躍している。『紫の履歴書』（水書坊）、『人生ノート』『花言葉』（共にPARCO出版）を始め著書も多数。波瀾万丈な体験からくる、人生を語る言葉は、多くの人を勇気づけている。

オフィシャル HP http://o-miwa.co.jp

公式携帯サイト「麗人だより」 http://www.reijindayori.jp

この作品は、2016年４月にマガジンハウスより刊行された『これからを生きるあなたに伝えたいこと』を改題し、再編集したものです。

PHP文庫　これからを生きる人へ

2018年3月15日　第1版第1刷

著者	瀬戸内寂聴 美輪明宏
発行者	後藤淳一
発行所	株式会社PHP研究所
東京本部	〒135-8137　江東区豊洲5-6-52 第二制作部文庫課　☎03-3520-9617(編集) 普及部　☎03-3520-9630(販売)
京都本部	〒601-8411　京都市南区西九条北ノ内町11
PHP INTERFACE	https://www.php.co.jp/
組版	株式会社PHPエディターズ・グループ
印刷所 製本所	図書印刷株式会社

ISBN978-4-569-76820-5